ハヤカワ文庫SF

〈SF2267〉

ローダンNEO ㉓

アトランティス滅亡

クリスチャン・モンティロン

鵜田良江訳

早川書房

8459

PERRY RHODAN NEO

ZUFLUCHT ATLANTIS

by

Christian Montillon

Translated by
Yoshie Uda

First published 2020 in Japan by
HAYAKAWA PUBLISHING, INC.
This book is published in Japan by
arrangement with
PABEL-MOEWIG VERLAG KG
through JAPAN UNI AGENCY, INC., TOKYO.

「赦(ゆる)されるのは六回。これは、七回目だ」

フェルティフ・デ・ケムロル

アトランティス滅亡

登場人物

クレスト・ダ・ツォルトラル……アルコンの遠征調査団の元学術長
トルケル＝ホン……………………トカゲ種族トプシダーの「賢者」
タチアナ・ミハロヴナ……………大ロシア出身のテレパス

タルツ・デ・テロマー……………アルコン艦隊の戦艦《トソマ》の司令官
クノル・テル・ペルガン…………同艦の火器管制将校
デマイラ・オン・タノス…………アルコン艦隊の戦艦《エクテム》の司令官

アトラン・ダ・ゴノツァル………アルコン人の植民地アトランティスの最高司令官

フェルティフ・デ・ケムロル……アトランティスの執政官
コソル・テル・ニーダル…………フェルティフの副官

ディーラ…………………………地球人の女性、予知者
ゴドヴァルン……………………ディーラの夫
エグモガスト……………………ディーラの弟
ハルフォント
マロカー
コメルー
……………………ディーラとともに逃避行中の地球人男性

クイニウ・ソプトール……………《アエトロン》の元乗組員

リコ………………………………超テクノロジーに由来するロボット

前史

星のしるし

ディーラは空を見あげた。永遠の暗黒で輝く、数々の小さな点を。

「あの人たちが見える？」

「誰のことだい？」

「星々よ。あの上にいる私を見ているの」

「きみはいちばん明るい星だよ」彼の声には、はてしない悲しみがこもっていた。

ディーラは彼に違うと言った。

「私は空の光じゃない。光のあいだでうねる暗黒なの」

ゴドヴァルンは何かを言いかけたが、言葉が見つからなかったようだ。彼は怒っていた。

いや、怒りはつのるいっぽうだった。それでも彼女のほうに身を屈め、下半身に視線をずらし、ディーラの体から出ていくべき子どもが閉じこもっている場所に目をやった。

「なぜ予知できなかった？」と彼は尋ねた。

このお馬鹿さんにはまだわからないのだ。予知者には、すべての秘密が明かされるわけではない。これから何が起こるのか、神々はときおりのぞかせてはくれるけれど、たいていは拒まれてしまう。

陣痛がまたやってきた。これまでになかったほど激しく。彼女は自分のなかで何かが裂けるのを感じ、その音まで耳にした。痛みと悪心が、はっきりとした思いをどこかに押しやってしまう。血が流れる。

痛みがおさまり、ディーラは脱力して横たわった。後頭部を何かにぶつける。だがそれに気づく暇もなかった。次の陣痛が襲いかかってきたのだ。彼女にはわかっていた。もうこれ以上は生きられない。すぐに終わるだろう。産婆がナイフを手にしていた。腹部を切って子どもを取りあげるために。母親は死ぬしかなくても、子どもの命だけは助かるように。

ディーラは微笑んだ。子どもは星々の光を見ることができる。いやもっと多くを。明日の太陽さえも。

突然。ひとつの人影が彼女たちのそばに立った。赤金の目をして、頭髪がなく、死者のような肌をした、異郷の男。

「フェルティフ！」とゴドヴァルンが叫んだ。「ここに何の用だ？」

ディーラの下半身が炎と化し、救済のナイフが下ろされようとしたそのとき、闖入（ちんにゅう）者がひと言だけ叫んだ。

「だめだ！」

産婆が一瞬動きを止めた。

「すぐにやらなければ、子どもも母親のなかで死んでしま……」

閃光（せんこう）が吹き荒れた。産婆は言いかけたまま凍りつき、わきへ身を引いた。

痛みがディーラの心を食い荒らす。腕を広げた神々が見えた。神々の泣く姿が見えた。子どもは生まれたがっている。突き進んでいる。さらに何かが裂け、世界がぼやけた。救いを求めて待っていた産婆のナイフを封じられては、もっと苦しむしかない。フェルティフは悪の使者だった。

異郷の者の、傷痕だらけで粉をふいた手が彼女の頬に押しつけられた。傷痕のないほうの腕を地面についている。

「私はおまえを救いにきた」

男の赤金の目が彼女のすぐ前にある。その目には涙が浮かんでいた。男の指は、光を点滅させている、幻のような物を握っていた。男は背を向けて深く身を屈めた。耳は縮んだ物体と化していて、頭髪はない。

次の瞬間、はじめから存在しなかったかのように痛みがやんだ。

〝死んだのね〟とディーラは思った。〝やっと〟

心残りは、子どもの顔を見られないことだけ。

だが、彼女は生きていた。

何が起きたのか、わからなかった。だが、なぜかフェルティフが子どもを抱いていた。男の子だ。顔はしわくちゃでふやけている。小さな口から小滴がひとつ出ていた。黒っぽい澄んだ目は、生き生きと不思議そうに彼女を見ている。男の粉をふいた傷痕だらけの手を、羊水が伝う。

「どうして私はまだ生きているの？」とディーラは尋ねた。「あなたは何をしたの？」

フェルティフは重苦しく息をした。

「絶対にやってはならないことだった。忘れろ！」と言って男の子を彼女の胸に横たえた。小さな体は温かく、小さな心臓は激しく鳴っていた。「もう行かなければ」

「どこへ？」

「おまえが追ってこられないところへ」

「お礼を言いに行かせてほしいから。いつかこの子が……」

「だめだ！」

男は背を向けた。

ディーラは男を見送った。ゴドヴァルンはまだ立ちつくし、黙っている。子どもが泣いた。胸に押しつけてやると、小さな指が手探りをし、口が行くべきところを探しあて、吸いはじめた。

異郷の男が振り返った。

「覚えておけ。これは絶対にあってはならなかった」

ディーラの頭の靄（もや）が晴れ、フェルティフがどこに行くのか、見えた。

行き先は……街。

そしてわかった。この男は人間ではない。あの街に住むすべての者と同じように。だが、大きな島の頂上の要塞で暮らし、いつかそこを去っていくだけの者とは違っている。フェルティフは別なのだ。数日前に遠くの村からやって来た旅人、この男のことは皆がそう考えていた。だが、突如として彼女はさらに多くを知った。

「戻ってきて！」彼女は叫んだ。命令でもあり、懇願でもある。「どうしても聞いてほしいから！」

驚いたことに、フェルティフは彼女の言葉に従った。男の子は乳を飲みながら血のついた脚をばたつかせている。異郷の男はそれ以上言わずとも理解し、彼女の口もとに耳を近づけた。

「あなたがどこに住んでいるのか、わかった」と、ディーラは静かに言った。ゴドヴァルンにも聞こえないほどの小さな声で。「でも、絶対に誰にも言わない。ただ、ひとつだけお願いがあるの。教えて。街の名前を。そして、あなたたちがどこから来たのか」

男はゆっくりと顔を上げた。左手で新生児の産毛をなでている。次の瞬間、ディーラはこめかみに男の息を感じた。

「私の正式な名は、フェルティフ・デ・ケムロル」とフェルティフはささやいた。「私は星々から来た。星々は、私にしるしを残した」そう言って、火傷と傷痕だらけの顔をなでると、粉のふいた手で拳をつくった。「おまえとおまえの同族が立ち入ることを許されない街は、アトランティスという」

「あなたは、神なのね」とディーラは言った。

「違う」と、フェルティフは嘘をついた。

彼女のほうが、よくわかっていた。

1

どうしても忘れたいこと

クレスト・ダ・ツォルトラル

混乱は後方に去った。クレストには、本当に久しぶりに、忘れていたほうがよかったことを顧みる時間ができた。

痛みのことだ。

トラムプはすでに遠い。戦争、苦悩。そして、イルトという種族と、彼らの惑星をめぐる、驚くべき事実。すべてがはるか彼方へと押しやられたかのようだ。搭載艇《ペスカーＸＸＶ》は、タイムトラベルを重ねる三人の逃亡者、クレスト・ダ・ツォルトラルと、タチアナ・ミハロヴナと、トルケル＝ホンを乗せて、今……。

……どこかにいる。
がむしゃらに超光速飛行をした。目的地を定めず、とにかくどこかへ。逃げるにはそうするしかなかったのだ。アルコン人にはわかっていた。自分たちが再び危機に瀕していないか、あの戦争の幾多の戦場のひとつに飛びこんでいないか、まずそれをたしかめなければならない。本来ならば。だができなかった。クレストの体は休息を求めていた。

彼は病重く、本来なら、盗んだ搭載艇で戦場を突っ切り、メタンズから逃げたりなど、できるはずがなかった。この時期には、つまり一万年前の大戦争末期には、メタンズはあらゆる星域に手を伸ばしていた。いや、戦争は過去のものとなったのだろうか。

〝頭がおかしくなりそうだな。そうじゃないか？〟責めさいなむ痛みのどこかから、付帯脳の聞き慣れた声が尋ねてきた。〝メタンズはそこらじゅうにいるのか？　それとも、はるかな過去の存在と化したのか？〟

〝それがわかったから、どうなるというのだ？〟クレストは、声に出さぬ思考の会話でそう応じた。〝我々は過去の世界で身動きできなくなっている。些事にこだわり個々の意味を解明したところで、何も変わらぬではないか。永遠の命もやはり遠い。これまでと変わらず。それも、さらに遠ざかっていないとしてだ〟

誰かが何かを完璧に説明できても、できなくても、もはやどうにもならなかった――前線のどこかで、今この瞬間にも戦争によって粉砕されるかもしれない。その前に、内側から体を食い荒らす癌の病巣に命を奪われなければ、の話ではあったが。

　しびれたような感覚が首から広がり、クレストは頸椎に触れてすぐに後悔した。軽く押しただけでも強すぎたのだ。何かが折れる音がして、めまいがした。はらわたから吐き気が突きあげる。

　搭載艇の司令室が回転した。目の前の床が急勾配で立ちあがり、天井が傾いて横壁になる。クレストはしがみつけるものを探した。《ペスカーXXV》に何かが起きたのではなく、自分のバランス感覚がおかしくなったと思ったからだ。

〝しっかりするのだ！〟

　タチアナ・ミハロヴナが悲鳴をあげた。トルケル＝ホンが腕を振り尾をぶらつかせ、不可解な動きとともに司令室を横に突っ切っていく。クレストはそれでようやく自分の間違いに気がついた。本当に周囲が傾いている。爆音がタチアナの悲鳴をかき消し、爆風がアルコン人の背中を襲った。クレストはなすすべもなく前へよろめき、転倒した。

　本能的に腕を上げて頭を守る。熱が燃える波となって上方を吹きすぎた。空気が揺らぐ。ひじの下からのぞくとトルケル＝ホンが床に——ついさっきまで横壁だったところに——倒れているのが見えた。トプシダーの背中の炎が消える。

　クレストにはくぐもった轟音しか聞こえなかった。そこにザワザワという音がまじる。弱まるいっぽうの鼓動が動かす血流の音だろうか。宇宙そのものが傾いていく。このすべての責めを負うべきはクレスト、つまり、年老いて死にかけたアルコン人、ただ一人だった。永遠の命に治癒を求める愚かしい旅は、これで終わりを告げた。クレストは口を大きくあけたが、ほとんど息を吸えなかった。肺が救いをもたらす酸素を取りこもうとしないのだ。タチアナが視野に現れ、その口が動き、何かを叫ぶ——だがクレストには聞き取れなかった。

一瞬、爆発の轟音で耳が聞こえなくなったのだと思った。だがそこにけたたましいサイレンが響く。金属の床が裂け、怒り狂って攻撃する爬虫類(はちゅうるい)のように、ちぎれた配線が上へ飛んだ。配線の先端から青い火花が飛び散り、無重力空間を舞うかのごとく、躍りながら消えていった。

クレストは立ちあがろうとしたが、足が崩れた。この痛み。もうたくさんだ。すべてが限界を超えていた。体内の苦痛が奈落へ引きずりこもうとする。そこですべてを忘れられると、楽しげに誘(さそ)う。

誰かの手につかまれた。タチアナの顔が上に見える。

「この船はおしまいです！」遠くから聞こえるささやきのようだ。この顔のゆがみようは、叫んでいるはずなのだが。「どうすればいいんでしょう？」

何かの液体が上唇を伝った。

〝鼻から出た血だ〟付帯脳に言われるまでもない。自明かつ当然の結論など、要らぬ世話だ。〝おまえも終わりだな〟

「救難信号を」とクレストは言った。だが自分の声も聞こえなかった。目を閉じ、意識の喪失と、迫りくる死に身をゆだねた。

チューブの端から水がしたたっている。

植物の緑の葉が、感じ取れぬほどのかすかな風に揺れている。

地球の生き物がごくゆっくりと塀の上を這っていく。カタツムリだ。

人の気配がない机の上に、透明な液体が入ったグラスがひとつ。

金属製のウインドチャイムが物憂げに揺れる。中心にあるのはガラスの球体。

プールで、むきだしの眼球がひとつ動きまわり、あふれた水に押し流される。

このすべてが単調で無色で、心霊現象のように音がない。

支離滅裂な映像だ。過去の無意味なイメージが、暗黒から生じ、瞬時に消える。そのなかを、彼は小さなひとつの光を目指して、漂い進む。その光から、いくつかの目が自分を見ている。どこからともなく声がする。

〝ク……〟

アルコンの漏斗状の住居、彼が育った家。宇宙船にいたはずではなかったか……。母の顔。

〝ク……〟

はっきりとわかった。永遠の命とは、愚者の夢だ。伝説は嘘をついている。たとえ既知の銀河すべてに広まっている伝説だとしても。

〝……レ……〟

知識が消滅すると思うと、悲しみに襲われる。

〝……ス……〟

悲しみ。娘のように思ってきた、慰めでもあったトーラには、二度と会えないだろう。

〝……ト〟

その名前は一世紀と一秒に引き延ばされ、何かが彼の頰を叩く。軽い痛み、やがて……。

「クレスト！」

アルコン人はすぐに返事をしようとしたが、できなかった。

「注射をしました」

それは何を意味するのだ？　考えがまとまらない。

〝無理もないな〟

「目を覚ましてください、クレスト！　あなたが必要なんです！」

前方のどこかにある遠い小さな光の点。それがどこから来たのか理解できなかった。だがその光から自分を見ているのは、タチアナ・ミハロヴナの目だ。まぶたを開けて、まばたきをすると、涙のベールが取り払われてロシア人女性の姿が見えた。

「これは最後のアンプルだったんです、クレスト。でも私は……」

「最後の？」クレストは思い出して尋ねた。鎮痛剤のアンプルは、惑星トラムプのイルト、ヌルゲからもらったもので……クレストの頼みの綱だった。だが、数はもっとあったはずだ。

それ以上言わずとも、タチアナはクレストが尋ねたいことを理解した。

「ほかのアンプルは壊れてしまいました。船の爆発で。わかりますか？」

わからなかった。

「何が起きたのですか？」

「トラムプの近くから脱出する前に、何度も砲撃が命中して。この搭載艇は残骸です。今はバラバラにならずにもちこたえていますが、長くはないでしょう」彼女は冷静で明瞭な言葉を選んでいた。その声には苦々しい思いがつまっている。「救難信号は発信しました。あなたが命じたとおりに」

〝私には、何も命じることはできませんよ〟とクレストは考えた。だが口には出さなかった。そんなことをしても時間の無駄だろう。その代わりに尋ねた。

「すでに何か……反応はありましたか？」

話すのは途方もなく骨が折れた。ひと言ひと言が苦痛だった。喉が渇ききっている。鎮痛剤のアンプルが破壊されたという恐怖の念が思考の隅で膨れあがった。壊れた、それだけのことだ。付随的な出来事で、大した意味はない。だがこの注射の効果が切れて痛みが押し寄せても、もはや薬の助けは借りられないのだ。奇跡でも起こらないかぎり。

そして、奇跡は存在しない。

いや、存在するのか？

タチアナが黙っていたので、クレストは繰り返した。

「救難信号に反応はありましたか？」

彼女は首を横に振った。

「メタンズは近くにいるのでしょうか？」とクレストは尋ねた。大戦争末期、メタンズはどこにでもいた。災いのごとく宇宙を汚染し、アルコン人に容赦ない殲滅（せんめつ）作戦を仕掛けていた。

タチアナは再び首を横に振った。少なくとも、奴らはいないのだ。

戦争をめぐる知識は、ほとんどが過去の暗黒に消えてしまっていた。なにしろ一万年前のことだ。歴史の記述にはあまりにも多くの解釈が加えられていて、事実を語るなど不可能だった。この戦争について言えば、歴史とは、たいていの研究者が同意している嘘であった。

「メタンズについて何をご存じなのですか？　クレスト」とトルケル＝ホンが尋ねた。前方に張りだしたトプシダーの鼻づらで鱗が光った。尾が裂けた床をこすり、舌がちらりと顔を出した。少し血が出ている。

　クレストはためらった。

「ほとんど何も――ただ、自らはマークスと名乗り、酸素呼吸をしないということしか」やがてこう言った。「この戦争は、はるかな過去の出来事なのです。しかし研究者の意見は、ひとつの点では一致しています」

「どのような点なのですか？」タチアナが待ちきれずに尋ねた。

「メタンズは、武器技術ではアルコン人に遅れをとっていました。宇宙船同士の直接対決では常に、我々の種族が勝利を収めていたのです」

「ところが？」

「ところが、メタンズはそのマイナス面を圧倒的な数の力ではね返しました。イナゴのように何百万倍もの数で戦場に展開し、とどまるところを知らず、一歩また一歩と前進したわけです」

「トラムプのときのように？」

「それでも、最後にはアルコン人が戦争に勝ったのです」クレストは断言した。

「どうやったのですか？」とロシア人女性が尋ねた。

この問いには、落胆させるような答えしか持ちあわせていなかった。

「それがわかればいいのですが……。奇跡の武器が存在した、と言われています」

彼らは黙った。クレストはそこではじめて気分がよくなっていることに気がついた。注射のアンプルの——最後のアンプルの——中身が奇跡を起こしたのだ。立ちあがってみたが、苦もなく成功した。これからどうなるのかと頭をひねる気にもならない。いずれにせよ、《ペスカーXXV》の破滅とともに、死へと引きずりこまれるのだろう。

「アクセスできそうですか……」

〝自動修復システムに〟と言うつもりだった。だが、何かが文字通りに彼の唇から言葉を奪った。再び爆発が起きたためではない。警報が鳴り、さんざんな損傷にもかかわらず、緊急ホログラムが現れたためだ。

そこに映っていたのは、三隻のメタンズの宇宙船だった。

つまり、救難信号がキャッチされたのだ。

だが、聞き届けてもらえるように願っていた相手ではなかった。

デマイラ・オン・タノス

「デマイラ！　おまえの義務を忘れるな！」

実際にその声がしたのではない。だがデマイラ・オン・タノスにとって、その言葉が真横で発せられたかのように聞こえるという事実に変わりはなかった。彼女は、巡洋戦艦《エクテム》を指揮する艦隊司令官であり、今は二隻の軽巡と二隻の重巡ならびに一五隻の民間輸送船からなる船団を率いている。

「デマイラ！　おまえの義務を忘れるな！」

あるいは。

「デマイラ！　おまえは宇宙アカデミー出身の軍人なのだぞ！」

何よりひどいのはこんな言葉だ。

「デマイラ！　私はおまえに期待しているぞ！」

そして、思い出せるかぎりに記憶の糸をたぐってみても、最初から常に、父は彼女の名前をあんなふうに呼んでいたのだった。妙に大げさに音を分けて、デ・マ・イ・ラと。まるでそれが四つの単語であるかのように。そして最後の音が、男性の名前めいた「ロル」であるかのように。本人は絶対に認めないだろうが、デマイラはそのようにして父の心の底を見せつけられてきた。口に出しこそしないものの、娘ではなく息子を望んでいたのだという思いを、父の目から何千回も読み取ってきたのだ。そのために彼女の人生は粉砕され、彼女は、デマイラは、長年にわたって自分が悪いのだと思ってきた。この点では母のような強さを備えていなかったからだ。母は、傲慢な態度で夫の思いを無視し、ワインと甘やかなライチャンの丘に人生を捧げたのだった。

父にとっては、義務がすべてだった。そして今やデマイラにとっても、義務がすべてになっていた。たいていの場合は。表向きは。軍の高官の一人として、また、メタン戦争における戦艦や船団の司令官として、彼女には、義務のほかに何もなかったのである。だが、彼女の人生にはもう少し別なものもあった。後頭部の、ちょうど一〇年前に活性化された付帯脳が存在する部位の、小さな声だ。常に彼女とともにいるその声が、アルコン船の救難信号に耳を貸し、発信元を追うように、語りかけていた。

いっぽうには、軍の命令と組織がある——だが人生はまったく違うものだ。これは軍事戦略と、最前線に立つ兵士の戦闘との関係にどこか似ていた。共通点は山ほどあるが、決定的に違うのだ。

決断を下したとき、デマイラは思わず笑った。《エクテム》の司令室の真ん中で、司令官席で、光るホログラムに囲まれながら。

〝おまえの義務を忘れるな！〟

今語りかけてきたのは、記憶のなかの声ではない。付帯脳が注意を促したのだ。乗組員から驚きの目を向けられても、笑いを抑えることができなかったからだ。船内の規律にとっては致命的だったが——最後の懸念を追い払う役には立ってくれた。

〝やるしかない！〟

決定は下された。必要かつ実行に値することを自分で決められないのなら、何のために司令官の地位にあるというのだ？

そこで自分の義務を忘れ、感情に従うことにした。遷移と遷移のあいだに、通常空間で全船のエンジン回復の報告が入るまで待機するあいだに、アルコン人の救難信号をキャッチしたというのが、本当に偶然にすぎないというのか？　それとも、背後に別の何かがある？　運命？　星の神々の手？

「計画とコースを変更」とデマイラは言った。「救難信号の発信元に向かう」

同時に、彼女の指が無造作にホログラムの操作画面を舞い、操縦士の席に対応するデータを表示させた。

操縦士はためらった。

「し……司令官？」

「この指示のどこが理解できない？」とデマイラは尋ねた。「それとも、私がこの手で操縦すべきだとでも言いたいのか？」

操縦士は身を硬くした。

「もちろん違います。コースを計算します」

デマイラはいい気分だった。仲介者を通して皇帝の命令を受け取って以来の、どんな瞬間よりもずっといい。

〝百万の目を持つ皇帝の栄光よ、皇帝の宮廷が末長く続き、末長く光を垂れ流しつづけんことを。いつかその光ゆえに燃えつきてしまうまで〟

彼女の行為は正しかった。皇帝はすべての計画を立てようとし、一〇〇人の顧問官を擁して正しくあろうとしている。だが……これほど遠くまで来ているわけでも、戦争を身をもって経験しているわけでもない。

〝ろくでもないな、おまえの考えを聞いてるしかないというのは〟と付帯脳が発言した。

〝なぜだ？　私のことが恥ずかしいのか？　私がいなければおまえも存在できないことを忘れているようだな。我々はひとつだ。おまえは私なのだから〟

〝そんなことを俺がわざわざ教えてもらわなきゃならないと、本気で考えてるのか？　だがひとつ言わせてもらうぞ。デマイラ、わが親友よ。逆も同じだからな。おまえは俺でもある。俺がいなければ絶対にこんな立場にはなれなかった。皇帝の秘密任務を帯びた司令官だぞ？　活性化された付帯脳を持つアルコン人でなければ、ありえない話だ〟

〝それで？〟とデマイラは考えた。〝何が言いたい？〟

〝何も。俺が言いたかったのはただ、おまえが……〟

〝……私がとっくに知っていることだな。それでおまえは、現状に対して何か有意義な貢献ができるのか？　付帯脳〟

デマイラはこのいさかいの一秒一秒を楽しんでいた。自分は自由だと感じた。任務という重圧からの自由。父や、アルコンの大帝国(インペリウム)といった、強力すぎる手からの自由。皇帝の百万の目からの自由。皇帝は実際には、その顔にふたつの目を持つにすぎない――存在すると言われている残り九九万九九九九八の目は、大帝国のあらゆる地域にいて皇帝の偉大な尻にしがみついている四九万九九九九九人の従順な手下のものだ。

異端めいた考えだ。まさしく。絶対に口にしてはならない。皇帝はいい支配者かもしれない――少なくとも歴代の皇帝よりはましだ――だがそんなことが、皇帝を星の神々のように崇(あが)める理由になるとは思えなかった。デマイラは自分の頭で考えるように努めている。そして、アルコン人を窮地から救うべく救難信号を追うことに意味があるのなら、そうするまでだ。

そう、あまりにもいい気分で、いまいましいメタンズのことなど忘れてしまえそうなほどだった。敵は一日ごとにより多くの船を繰りだしてくるように見える。毒ガスを呼吸するろくでもない連中は、どこにでもいた。

〝デマイラ、デマイラ〟付帯脳が叱りつけるように言った。〝普段のおまえとは別人のようだな〟

そうか？　デマイラはにやりとした。

〝それでは、輝かしき未来にかけて！　何が待ち受けているのか見てみるとしよう！〟

それがキーワードだったかのように、操縦士がコースの計算を終え、間もなく《エクテム》が船団の全船とともに発進できると報告した。

「エンジンを始動させる準備は直ちに完了します。司令官の指示通りに」

最後のひと言を強調する操縦士の口調は、間違いなく、自動記録の航行日誌でどのような責めも受けることがないように意識したものだ。自分の立場で期待されるとおりに命令に従った、それだけだと。責任を負うのは、数秒後に戦争の鉄の掟(おきて)を破る司令官、デマイラ・オン・タノスである。メタンズが数で圧倒的優位にある以上、救助に向かうなどありえなかった——取り残された者は取り残される。何であろうと誰であろうと、それを変えることはできない。

だが、宇宙船を指揮する者の意志は別だ。

〝願うとしよう〟とデマイラは考えた。〝この行為が報われるように〟

船団が遷移し、超光速飛行に移った。

クレスト・ダ・ツォルトラル

爆発。近すぎるほど近い。タチアナ・ミハロヴナは足をすくわれ、大きく後ろに傾いた奇妙な姿勢で一瞬よろめき、転倒した。クレストは彼女をつかんで支えようとしたが、自分が立っているので精一杯だった。

舌状の炎が天井から噴きだした。透明からまばゆい白色に変わり、またたく間に消えた。何かが燃え、酸化窒素の臭気が残る。まさにすんでのところで死をまぬがれたのだ。

〝高エネルギーの噴出だな〟千分の一秒も経たぬうちに、付帯脳がいつものごとく冷静な分析をしてみせた。〝プラズマ化したガスが配管から放出されたのさ。エネルギーが酸素分子を発火させた。連鎖反応が起きていてもおかしくなかったな〟

〝なぜ連鎖反応をまぬがれたのだ？〟

付帯脳は一秒だけためらった。付帯脳にしては永遠に近い長さだ。

〝運だ〟と、正確さを欠いた非論理的な分析結果を返してきた。

何かに背後から膝裏を打たれ、クレストは叫びながら膝を折り、転倒した。

もんどり打ちながら身をよじって、誰が攻撃したのかたしかめようとした。身を守るべく本能的に腕を上げる。

タチアナの脚が伸びたままになっていた。クレストは視線を上に向けた。さっきまで自分の頭があった場所で、エネルギーの防護絶縁フィールドが光っている。その向こうで何かが太陽の内部のように明るく揺れ動いていた。

「あれは何なのですか？」とタチアナが尋ねた。もちろん彼女は攻撃したのではない。救ってくれたのだ――何が起きているのか知らぬまま。

「少々遅れて起きた連鎖反応です」とクレストは答えた。「簡単に言えば、あの上で空気が燃えているのです。船の陽電子コンピュータ(ポジトロニクス)が自動的に防護絶縁フィールドを形成しました。エネルギーの噴出を阻止するために。あの奥の気温は我々の想像を超えていますよ。あのフィールドが同時に光学的な緩衝帯を形成していなければ、我々は盲目にならずにあそこに目を向けることはできないでしょうね」

「あのエネルギーの壁は、もう少しであなたを切断するところだったんですよ！」

クレストは深く息を吸った。〝首の真ん中で〟と考えた。

「緊急システムは、私を考慮に入れられなかったのでしょう」

「過激なシステムですね」ロシア人女性はとげのある言い方をした。

「そのシステムが、船もあなたも、トルケル＝ホンも救ったのです。防護フィールドがなければ、我々全員が灰も残さずに消えていたでしょう」

冷静に分析したが、指が震えていた。いまさらながら恐怖が喉をしめつけてくる。それでも、慈悲深い死が訪れていたのではないか、という思いを追い払うことはできなかった――あっという間に、何が起きたのか知る暇もなく。一秒前には生きていても、その一秒後には原子にまで粉砕され、吹き飛ばされて。

「それで、これから？」とトルケル＝ホンが尋ねた。クレストとタチアナのもとまで這いながら、ゆらめき光るエネルギーの壁を何度も見上げている。「この搭載艇は、さらにひどい攻撃を受けるのでしょうな！　外部表示用のホログラムはすべてダウンした！　最後に見えたのはメタンズの船が飛来しているところだ。我々はただここに座り、この……残骸が数発の砲撃でとどめを刺されるまで、待つわけですかな？」

クレストはためらった。

〝答えは、ひとつしかないな〟と付帯脳がコメントした。

だが、アルコン人はその答えを口にしたくなかった。それで決まりだと言わんばかりではないか。夢は終わりだと。あまりにも冷酷すぎる。

「クレスト！」トプシダーが迫った。

アルコン人はついに口を開いた。

「そうですよ」クレストは目を閉じた。「一緒に死を待ちましょう」

ふと誰かが触れてきた。そちらに目をやる。タチアナの指が自分の指を包んでいた。彼女は、ほとんどそれとわからないほどうなずいた。

〝最後の慰めか〟とクレストは考えた。〝我々は、一人で死ぬわけではないのだ〟

2

戦争と運命から逃げる

ディーラ

ディーラは不安な気持ちで空を見あげた。きらめく星々の涙のひとつが、輝く青を横切っていったから、というだけではない。あれは悪天候をもたらすのだ。無理に海へ出れば、やがて訪れる嵐で命を落とす危険がある。とはいえ、これ以上手をこまねいて待ち、出発をためらっていても、殺されるかもしれない。

彼女は弟に声をかけた。

「どうしたらいい?」弟以外には聞こえないように、小声で尋ねた。ほかの三人はじゅうぶんに離れたところにいる。「もうあまり時間がないから」

エグモガストは、答える前にほとんど聞こえないほどの忍び笑いをした。一緒に逃げている者のうちで、エグモガストの言葉を理解できるのは、間違いなくディーラだけだ。かれこれ一八年、彼のわかりにくい言葉とつきあってきたのだから。エグモガストが生まれたときから。その頃彼女は、生まれて十数ヵ月の小さな子どもだった。弟は、生まれたときから、大きな口に比べてうんと短い舌をしていた。そのせいでたいていの人は、弟の言葉を、知的な障害がある者の理解できない音声だと考えてしまうのだ。

「戦争の嵐が吹き荒れてからこっち、日の出は毎回神の恩寵(おんちょう)のようなものだな。なあ、俺たちと人生を分かちあってきた人間がどれだけ死んだ？　俺たちにはほんのわずかな時間しか残されていない。あれこれの手を使ったとしても」

これは、精神面の発達に問題がある者が選ぶ言葉ではない。きわめて鋭い知性を備えた者の言葉だと、ディーラにはわかっていた。第一印象ではそのように見えないとしても、神々がエグモガストにこのような祝福を与えたのだ。別の形とはいえ、彼女が祝福されているのと同じように。

もちろんエグモガストの言うとおりだ。だがその言葉は、彼女を駆り立てている問いに答えてはくれなかった。出発するべき？　それとも明日まで、悪天候が通り過ぎるまで待ったほうがいいのだろうか。

予知者である彼女は、皆に信頼されていた。ディーラは決断を下さなければならない。ここ数日の戦乱を逃れた仲間たちが、海の向こうの謎の街へ避難できるように……アトランティスへ、あの夜から名前を知っている街へ。彼女は約束を守り、その異郷めいた名前を誰にも言わなかった。息子が生まれたとき、フェルティフ・デ・ケムロルという名の神と約束したとおりに。

「おまえが決めるんだ」と弟が言った。おまひめんだ、ほかの者にはそうとしか聞こえなかったはずだ。エグモガストは声をひそめようともしなかった。

彼女はうなずいた。自分を信じている仲間にまだ救いがあるとすれば、それはあの目的地に、神々の街にある。あるいはフェルティフが言い張っていたような、星々から来た者たちのもとに。だがその目的地へ行くには、待たなければならない。少なくともあと一日。嵐のなかに乗りだすなど、まさに愚行だろう。

「明日まで待って、出発するから！」

彼女は決めた。今度は皆に聞こえるよう、じゅうぶんに大きな声で言った。

それから岸の向こうに、広大な海に目をやった。

あの向こうで、どこかで、アトランティスが待っている。

そしてあの謎の街で、息子が生まれた夜に命を救ってくれた奇妙な異郷人とも会えるように、ディーラは願っていた。あの男の本当の名前は、宝物のように胸に秘めてきた。彼女の心を占めている疑問に答えられるのは、フェルティフだけだ。

なぜそこまでしてくれたのだろう？

いったいなぜ、神が空から降りてきて、人間の姿をとって彼女と息子を助けたりしたのだろう。子どもは、太陽の暦が二回めぐったあとで死ぬことになったのに。そしてなぜ、ディーラは生き続けて痛みを感じるように定められているのだろう。母親でなくなっただけでなく、夫も亡くして？

ディーラはまだ海を見ていた。彼女の思いをさらう永遠の問いにふけりながら。そのとき、マロカーの急を告げる声が彼女と仲間たちを震えあがらせた。

それが何を意味するのか、ディーラはすぐにわかった。敵の偵察者が彼女たちを見つけ、攻撃してきたのだ。敵が大部隊なら、全員が死んだも同然だった。

〝神々よ、私が何をしたのでしょうか？〟

全員を舟に乗せて、海へ、悪天候のなかへ乗りだしていれば。そのほうが怒りに燃えて血に飢えた敵よりはましだったかもしれない。敵は数カ月前から、次から次へと村を襲っていた。略奪し、殺した。女性や少女が逃げ遅れれば、野蛮人の奴隷として身の毛もよだつような生活が待っていた。戦士のなぐさみものとして。

何が敵を攻撃に駆り立てているのか、ディーラにはわからなかった。誰も理由を知らない。祖父たちの時代から、敵が山を越えてきたことはなかったのに、いきなり、何の前触れもなく、地獄の悪魔のように現れたのだ。顔を鮮やかな赤色に塗り、命を奪う斧を手にして。神々も黙っていた、ディーラに、神々の予知者に、何のしるしも示さなかった——

血と暗黒に満ちた悪夢さえ、見なかったのだ。

　無から現れたかのように、エグモガストがディーラの横に立っていた。投げナイフを手にしている。彼女を落ち着かせようと、一瞬、肩に左手を置いた。

「来い！」と弟はささやいた。「きょい」と言ってディーラを引き寄せ、砂浜ぞいに進む。遠い海上で灰色の雲の壁が頭をもたげていた。二人が目指すのはあの茂みだ。そこから海へ張りだした木の根に、舟をつないである。

　何かあればそこで落ち合うと決めていた。ディーラはあの舟を星々の小舟と名づけていた。あの街へ、フェルティフによれば星々から来たのだという誰かのもとへ、連れていってくれるからだ。だからこそ、舟全体と同じく、葦とパピルスでできた船首には、夜の星座のひとつが刻まれていた。星座が自分たちとともにあるように。

　やがて戦いの音がした。一〇メートル、最大でも二〇メートルは離れていない。マロカーたちが防戦しているのだ。

　刃がぶつかり合う音がした。再び叫び声があがり、突然マロカーが茂みから飛びだした。剣を握っていたが攻撃はせず、後ろによろめき、逃げた。そんなことをするマロカーを見るのははじめてだった。顔の左半分と、その下の首や肩から血が流れ、青白い骨の上に布の切れ端がかかっている。

　敵の一人がマロカーを追ってきた。角張った頭に、角のような尖端が四つある兜をかぶっている。黒い線が幅の広い上半身を走っていた。首には鎖を下げていたが、ちらりと見ただけでも細部まで想像がつく。あの鎖は何度も見たことがあるし、敵が攻撃してくるようになってから、身の毛もよだつ風習のことは嫌というほど耳にしてきた。あの鎖には、無数の白くて小さな指の骨がぶら下がっている――すべて、たった一人で殺した者の骨だ。

敵がマロカーを再び打とうと斧を構えたまさにそのとき、エグモガストの腕がディーラのわきを素早くかすめた。投げナイフがうなりをあげて手を離れ、何度もひるがえって敵の急所に向かう。ディーラは頭蓋骨(ずがいこつ)に刃がめり込む音まで聞こえたような気がした。ゴロゴロと喉が鳴る音が続き、三歩歩く音、まず斧が落ち、すぐに敵が地面へくずおれた。

マロカーが彼女のそばに来た。

「あと三人だ」激しく血を流しながら、マロカーは言葉をしぼりだした。

「あなたは……」とディーラが言いかけた。

マロカーが彼女の言葉をさえぎる。

「見た目ほどひどくはないさ」

こんなことは想像もできなかった。マロカーがまだ生きていること自体が奇跡に近い。

「敵は、少なくともあと三人はいる」とマロカーは繰り返した。

エグモガストはもう敵の死体のそばに立っていた。次の瞬間には投げナイフを手にし、もう片方の手で敵の斧を取りあげる。無言でディーラにナイフを差しだした。

彼女はためらうことなくそれを握った。身を守るべく剣を取るなど嫌で仕方がない。だが、運命は彼女に選ばせてくれるほど慈悲深くはないのだった。

きょうだいで背中を合わせ、周囲を見た。残った敵の襲撃に備える。ディーラは負傷したマロカーのすぐそばにいた。その重苦しい息が聞き取れるほど近くに。マロカーに目をやる。真っ青な顔をして、目は高熱があるかのように光っていた。

フェルティフ・デ・ケムロル

この世界の住民は、かたくなで強情で、高慢だ。

〝最良のアルコン人と、まったく同じになな〟

フェルティフ・デ・ケムロルは、ここの住民が好きだった。野蛮人だが、彼らにほれこんでいた。

アトランティスでの生活を縛る命令と指針に誤解の余地はなかった。自分たちの運命を──あるいは皇帝の意志を──大帝国の末端にある植民地に持ちこむすべてのアルコン人は、これを守らなければならない。この星の者と接触してはならない。彼らの文化に介入してはならない。住民のなかにまじるなど論外だった。関係を持つことは固く禁じられている。

　この惑星にいるほかのアルコン人と同じく、フェルティフ・デ・ケムロルもそれを知ってはいた。だが守っていなかったうえ、正当化のしようがないのに良心の呵責（かしゃく）から救われてもいた——アトランが、つまりアトランティスの最高司令官が、執政官（タト）の逸脱行為を知りながら、かばってくれたからだ。

　この惑星時間で二年以上前から、フェルティフは何度も、数時間から数日にわたってこの街を抜けだし、ほかのアルコン人が言うところの未開人の世界へ足を踏み入れていた。だが彼にとってここの住民は未開人以上だった。素朴で意欲にあふれ、創意工夫に富み、思いやりがありながらも、原始的で残忍な者たち。大きな潜在力を持つ、矛盾をはらむ種族に、フェルティフは心の底から感動し、魅了されていた。彼自身は、ここの住民を可能性に満ちた種族と呼んでいた。その可能性はまだ彼らの奥深くに隠れているが、よく見てみると、ときおりきらめき出てくるのだった。

　そして、フェルティフがアルコン人対メタンズの永遠の戦争に疲れていたことも、否定できない事実だった。彼は星々のあいだの戦場で幾度となく戦い、勝利を収めてきたが、ある日のこと、文字どおり敵の火に焼かれた。大帝国は戦時下にあり、メタンズは数百の船で繰り返し攻撃することで、勢力を拡大していた。

　この惑星の人間も戦争をする。だが彼らは生き延びるためだけに戦う。それに対して、メタンズがアルコン人に仕掛けている戦争は彼の理解を超えていた——アルコン人はメタンズが利用できるものを何ひとつ持っていないのだ。それにこの惑星、ラルサフⅢでいさかいが起これば、住民は原始的な手段で戦う。斧、剣、投石器、投げ槍——これらの武器は、個別の攻撃ではたしかに血みどろの傷を生じさせる。だが、この世界のすべての武器を集めたところで、アルコン戦艦に搭載されたサーモキャノンの、ただ一度の砲撃と比較になるだろうか？　ふたつの村が戦って出た十数人の死者など、重巡洋艦一隻の爆発に比べれば何ほどのものだろうか。そこでは、千人もの乗組員や移送者が、宇宙の永遠の虚空に浮かぶ星々のあいだで消えてしまうのだ。

　そしてここ数時間、ラルサフ小戦争の渦中でまたしてもひどく気に入らないことが起きていた。フェルティフは、涼しい石の建物で平穏なひとときを過ごそうと、ここまでやって来たのだ。その建物の粗雑なつくりの窓穴から、平原の森や、なだらかな丘を見渡すことができる。彼はここの人間たちの暮らしを愛していた。かがり火のそばで、ジュウジュウと焼ける肉や煙のにおいをかぎながら、彼らがあげる笑い声を。彼らが語りあう物語を。

　アトランティス東側の海洋に面した岸辺を歩き、海の上空に迫る悪天候のきざしを眺めていたとき、戦いの音が耳に入った。叫び声、剣の刃がぶつかりあう音。しばらく考え、介入しないことにした。だがそう決めた瞬間、自分自身に腹が立った。

　介入しない。

　まさにそれが、命じられていることだ。だがいずれにせよ、彼がここに、アルコンの植民地にほど近い大陸の西海岸にいる時点で、すでに規則は破っている。そもそもアトランティスを離れること自体が違反なのだ。とはいえ、軍で叩きこまれた規律が心の底まで根を下ろしていて、反射的に自制しようとしたのだった。

「やるしかないだろう」と、フェルティフは自分自身に、そして広大な海に向かって言った。

　さっと身なりに目をやり、バイオプラスチックのマスクがしっかりと顔についていることをたしかめた。完璧だ。この外見からアルコン人だと見抜ける者はいないだろう——目はこのあたりの住民と同じ黒で、髪は白銀ではなく暗褐色だ。顔の火傷はわずかな痕跡もない。知り合いでもわからないはずだ。

　あのような小競り合いは遠くから何度も目にしている。配役は明確だ——この付近の住民が犠牲者役。攻撃者役は、顔に色を塗り、革と簡素な金属製の、ごく単純な鎧をつけた筋肉質の戦士だ。本物の巨人戦士か剣闘士を思わせるが、フェルティフのような男が相手では話にもならない。小火器がなくとも同じことだ。アルコンの優雅な接近戦のテクニック、ダゴールに対し、粗野な暴力などなすすべもないのだから。

　物音と叫び声を追って海岸ぞいに進んでいく。波が海から押し寄せる。迫りくる嵐がわずかに波を荒くし、足を洗った。

フェルティフ・デ・ケムロルの用意は、整った。　　　　　　　　　　　ディーラ

ディーラは血と汗のにおいをかいだ。これが、人生の最後に感じ取るものなのだ、そう思った。

だが、なぜ敵は攻撃してこない？

「あとの三人は俺たちを待ち伏せしてるのか？」とハルフォントが言った。ほんの数ヵ月前には、収穫された村の穀物を粉にひき、水とスパイスを混ぜて丸く焼きあげていた男だ。これまで誰かに痛い思いをさせたことは一度もなかった。だが村が襲われたとき、敵の一人の頭蓋骨をひき石で打ち砕いたのである。あれ以来ハルフォントの目はひっきりなしに左右へぴくぴく動き、夜はほんの少ししか眠れていないようだった。

マロカーが、血を流す腕を上げた。

「少なくとも。三人は見た。だが、もっといるのか？」

ディーラの指が投げナイフの柄を強く握った。

「あそこだ！」とエグモガストが言った。できるだけはっきりと。これはほかの者にも聞

き取れたはずだ。エグモガストの手が、ある方向を指している。

ディーラも茂みのなかの動きに気づいた。体に緊張が走る。

だが、怒り狂った敵が突進してくる代わりに、ただ一人の男がゆっくりと姿を現した。

茶色の髪、黒い目、簡素だがしっかりとした服……そして何よりも、冷静で泰然たる態度。

男は武器を持たぬ両手を上げ、ディーラたちのほうに伸ばした。

「もう、おまえたちの危機は去った」

誰ひとり、返事もせず、身動きもしなかった。ディーラは再び自分がリーダー役を引き受けるべきだと悟った。

「あなたは何をしたの？」

これはどのような礼儀作法よりも、またこの見知らぬ男が何者なのかよりも、重要な問いだった。懸念はまだある。もしこれが敵の罠(わな)だったら？

「おまえたちの敵は死んだ」

その男は、ディーラたちの言葉を学びはじめたばかりのような奇妙ななまりで話した。

「あなたが全員を……」

「運がよかったのだ」男は彼女の言葉をさえぎった。彼女が何を言わんとしているのか正確に理解したらしい。「忍び寄って背後から襲えた。正々堂々とした戦い方ではないが、あの……野獣どもを相手に道理を立てることはないからな」

「まったくそのとおりだ！」とハルフォントが言った。だがその声は、本人が望んだほど強く過激な響きにはならなかったようだ。

　見知らぬ男は腕を下げた。

「近くに行ってもいいか？」

　ディーラは手招きをした。

「命を救ってくれてありがとう」

「あまり早まるなよ」エグモガストがまた早口で言ったので、ディーラのほかには誰も、そのわかりにくい音声を理解できなかったようだ。「別の敵が近くに隠れているかもしれないだろ？　油断はできない。それに、この見慣れない奴が敵の仲間じゃなく、罠ではないと、どうしてわかる？」

　エグモガストの言うとおりだった。戦えば死んでいたはずで、そうならずに済んだ幸運に感謝はしても、軽率に気を許すわけにはいかなかった。

「敵を全員殺したのは間違いない？」

　ディーラは男に尋ねた。男がほんの数歩のところまで来てはじめて、その服についた黒っぽいしみに気がついた。敵の血だ。だが現実だとは思えず、言葉にすることはできなかった。急に疑念がわいてきた。無から来たかのように現れて救ってくれた、この見知らぬ男は、何者なのだ？

〝あのときと、まるっきり同じ〟

その考えが意識にものぼらないうちに、この男には見覚えがあると感じた。男の身のこなしが記憶を呼び覚ました。顔はまったく違うし、あの夜、あれから太陽の暦が二回めぐったあのときと、驚くほど状況が似ていなければ、こんなに早くつながりを見抜くことはできなかっただろう。

〝あの人だ。またしても無から来たかのように現れて、どうしようもない窮地から救ってくれた〟

ディーラは男を見た。男は顔をそむけると、四人の男たちを順に見ていった——エグモガスト、ハルフォント、コメルー、最後にマロカー。そこで視線が止まる。

「その傷を見せてくれ」と男は言った。

「何ができると思ってるんだ？」マロカーは男に激しく言い放った。

「怪我の処置法は心得ている」と男が応じる。

〝ええ、そうよね〟とディーラは考えた。〝あなたにはいくらか心得がある。フェルティフ・デ・ケムロル、神、あなたは星々から降りてきたのだから〟

ディーラは、マロカーの負傷していないほうの肩に手を乗せた。

「この人に任せて。私には……見えるの。この人はあなたを助けられる」

「そうなのか？」と異郷の男が尋ねた。

この男は、自分と目を合わせるのを避けている。ディーラはそう感じた。

「神々が明かしてくれたの。神々はときどき、私に未来の息吹を伝えてくれる」

「未来の」男は考えこみながら繰り返した。

「私たちは、この舟で海の向こうの不思議な街へ行こうとしているの。その街のことを聞いたことがある?」

男はしばらく黙っていた。

「街だと?」やがてそう尋ねた。

ディーラは微笑んだ。

「私たちは、戦乱と、東から来る敵から逃げるために、あの街へ行くの。ラケルどもは、あそこまで追ってこられないと思うから。あなたも一緒に来る?」

今や異郷の男は彼女を見ていた。彼女が誰だかわかっている。間違いない。問題は、完璧な変装にもかかわらず、ディーラも自分の正体を見抜く、そのようなことがありうると、男が考えるかどうかだ。男は、岸辺の穏やかな波に揺れる星々の小舟を指した。

「この舟でか?」

ディーラはうなずいた。

「一緒に行こう」結局、男はそう言った。

3

戦闘のない戦艦

タルッ・デ・テロマー

調和を欠いた絶えざる振動音は、数呼吸ごとに周波数を変えた。大きくなったかと思えば小さくなり、やがて高くなり低くなる。だが決して完全には消えなかった。

それはほかの幾多の件と同じく神経をさいなんだが、タルッ・デ・テロマーの機嫌はそれ以上悪くなりようがなかった。《トソマ》の司令官は、己(おの)が戦艦とともにラルサフ星系付近の太陽の、探知の盾のなかにいて……。

……待っていた。

あまりにも長いあいだ。地面の穴から獲物を狙う肉食のクモのように潜んでいる――だがあの頭が鈍いクモには、原始的な生存欲求を満たすよりましなことはできはしない。それに対して彼は、なぜ貴重な時間を浪費しているのかと自問していた。だが今は、きわめて重要な命令を受けている。アトランに送りだされたのだ。ラルサフⅢの植民地の主(あるじ)に。その名をもじって、植民地をアトランティスと名づけたのはタルツ自身だ。長年の腹心であり弟子でもあるアトランは、ずいぶん気に入らない様子だったが、反対はせず、自分の師であり、よちよち歩きの頃からそばにいた男の好きにさせた。タルツは自分が考えだした言葉に誇りを感じていた。少しふざけているが、訴求力はある。

アトランティス……つくられるべきではなかった、お粗末でけちな植民地にしては、いい響きだ。とはいえ、皇帝の宮廷の影響力が及ぶ範囲ではタルツの両手は縛られたも同然で、今もやはりそうだった。《トソマ》の武力すべてとともに、どこかそのへんをうろついている野良犬どもを――メタンズを――待つしかない。奴らは、もしかしたらそのうちいつか銀河の片隅の、この辺鄙(へんぴ)な場所で、船もろとも物質化するのかもしれない。これは、宇宙アカデミーの初等過程で学ぶ候補生にふさわしい任務だろう。

「司令官?」

尋ねてきたのは、クノル・テル・ペルガンだ。将校の一人で、その名ははじめから司令官の目にとまっていた。いい意味でも悪い意味でも。このような男は、すぐに目立つのだ。

タルツは、この通信越しの問いかけを無視してやろうかと考えた。クノル・テル・ペルガンが「優先度低」のマークをつけていたからだ。だが、話をするまでこの火器管制将校がせっつき続けることもわかっている。そして、タルツが今この瞬間よりもやることがないタイミングも、ほかには考えられなかった。退屈はろくなことを思いつかせてくれないものだ。

「何だ？」と、あきらめて返事をした。

「率直に言わせていただいてもかまいませんか？」

〝それがならぬのなら、とっくの昔におまえを我が船の司令室から放りだし、ゴミ処理ロボットの監視でもさせているだろうな〟

「小談話室で話そう」

タルッは留守中の指揮権を副官にゆだね、席を立った。投影されたホロの操縦画面の手前を通り過ぎる。幾人かの将校が身につけた悪癖のように、見られていないと思ってホロを突っ切ったりはしない。操作モードになっていなければ何の害もないとはいえ、そんなことをするのは……適切でない気がした。《トソマ》のような船は、一定の敬意を要求する。

タルッはクノルル・テル・ペルガンより先に小談話室の入口に着いた。軍の階級にふさわしい順番で。クノルルは少なくとも、きわめて簡単なルールを守れる程度には頭が回るらしい。

タルッは小談話室に足を踏み入れると、床に固定された机の前で立ち止まった。部下が同じように入ってくる様を眺めた。この男の経歴ならよく知っている。

クノル・テル・ペルガンは背が高くすらりとしている。あらゆる報告書で優良と評定された、きわめて高い持久力や抵抗力を外見から見て取ることはできない。接近戦の技術がアルコン宇宙アカデミーの同期のなかではもっとも優れており、ダゴールの真の使い手とされている――だがほかの分野では最優等をあげられなかった。交渉術や軍事戦略の教官は、問題解決戦略における革新的アイデアや独創的な着眼点は評価していたものの、じゅうぶんに広い視野で考えることができず、自らの過ちを認める能力は事実上ほとんど備えていないとも指摘していた。ひと言で言えば、無謀なのだ。この男が生まれたような歴史の浅い貴族の家系にしばしば見られるタイプである。人生はこの男にいくつかの突発的事件を用意しているはずだ。本物の優秀な将校にするために。

　自動制御のサーブロボットが滑るように近づいてきた。

「軽いものをお出ししましょうか？」と、ロボットが完璧に調整された声で言った。飾り気のない円錐形の機械にはそぐわぬ声だ。このような声は、金属光沢がある簡素な物体からではなく、高価な服を着た貴族階級出身のアルコン人女性から発せられるべきだろう。

　タルツは水を頼んだ。すべての微量成分を複雑な多重ろ過システムで取り除いた、味のない水だ。戦艦に積んでから数カ月も経っているのだから、そうしなければとても飲めたものではなかった。多くの者がこうしたこだわりをひそかに笑い、違いはないのにと陰口を叩いたりする。だがタルツは何が自分の口に合うのかわかっているし、年寄りの意固地さだと言わせたりもしなかった。

これに対して、クノルはダークなワインを頼んだ。もちろん当直中に出されるのは、アルコールが完全に除去された、《トソマ》船内で人工的につくられたものだ。これはとんでもない安酒で、タルッに言わせれば、アルコンの丘陵から生まれたワインと多少は関係があるという程度の代物だった。透けるように薄いステーキと、牛糞堆肥の山との関係に似て——だが好きにさせておけ。もっと重要なことがある。

あるといいのだが。

「それで?」タルッは目線で火器管制将校に促した。

「先ほど率直に話すことを許されましたので、司令官……」

「遠慮はいらぬ!」

クノルは一瞬動揺をあらわにした。それでいい。

「乗組員の士気は上々とは言えません。我々はなすべき任務もなく、あまりにも長いあいだ、ここの太陽の、探知の盾のなかにいるのです」

知らずしらずのうちに、タルッはどの部屋にもある外部表示ホロに目をやっていた。すでに何千回も見ている映像だ。赤色矮星と、それをめぐる三つの生命のない星——黒い岩の塊だ。生命が存在できぬ高温地獄の世界。巨大ガス惑星もひとつあり、今は太陽のコロナに触れんばかりの位置に見えている。

この世界の眺めは、彼らが置かれたあらゆる状況と同じく、荒涼としていた。

サーブロボットが戻り、触手のようなアームで所望の飲み物を差しだした。タルツは中断された会話を再開した。

「おまえは、新しいことは何も言っていないな」

「我々は132の一員なのです。実動戦隊の」クノルが改めて話しはじめた。「大帝国の中心部付近では、重要な対メタンズ戦闘が展開されているというのに、我々は末端部の田舎でだらだらと過ごしております」

〝私の考えを口にしているというわけか、若造が〟とタルツは考えた。

「目の覚めるような意見とは言えんな、将校！　この部屋に、今の話を聞いて誰かに伝えるような耳が存在しないことに感謝したまえ。だらだらと過ごしているなど、皇帝が聞きたいと思う言葉ではないからな。我々は皇帝の息子アトランがじきじきに率いるラルサフⅢの植民地を守っている。重要な任務だ」

最後のひと言は、タルツの耳にも虚しく響いた。

クノル・テル・ペルガンの唇がぴくりと動いた。もっと言いたいことはあるのだろう。おそらくタルツ・デ・テロマーを駆り立てているのと同じ疑問だ。なぜ、皇帝は己が息子を取るに足らぬ銀河の隅へ送りこんだりしたのだ？　原始的な住民が暮らす、これといった価値のない惑星を、アルコンの植民地とするためだけに？　百万の目を持つマスクダル

・ダ・ゴノツァルがアトランを罰しようとしたのか？　それとも息子を戦争から守ろうとしたのだろうか。愚かしい考えだ！　そうしておいて、皇帝は自分の息子のことを忘れたというのか？　なぜ絶対に必要な補給物資が数カ月も届かないのだ？
だがクノルは、疑問を口にせずにおくだけの知恵は持ちあわせていた。出すぎた真似はすべきでない。上官を完全に信頼してはいないのなら。

タルツはコップの水を少し口に含んだ。味気なく、冷たすぎる。だが少なくとも口腔の乾燥はおさめてくれた。

クノルはワインに手をつけなかった。人差し指をコップの丸い縁に這わせているだけだ。何度も何度も。ときおり歌うような音がした。

「あなたは百戦錬磨の軍人です、司令官」ようやく口を開いた。「一生のあいだ、メタンズと戦ってこられました」

「私がとうの昔から知っているわけではない話をしてくれたまえ」

「司令官は、私など足元にもおよばぬほど強い、危機的状況に対する第六感を身につけておられます」

〝太鼓持ちめ〟

「どうなのでしょうか」とクノルは続けた。「この平穏は表面的なものと考えておられるのではありませんか？　その……噂がありまして」

〝なるほどな。ようやく核心に迫ろうというわけか〟

　タルツはもう一度水を飲んだ。

「きみも知ってのとおり、噂とはそれ自体が思弁的本質を備えている。人心を分断する危険なものだ」

「それでも、甘美なものです」とクノルは言った。「噂では、ケルロン・ダ・ホツァリウスが直近の偵察から戻った際に、ある……奇妙な装置をアトランティスへ持ち帰ったとか」

　タルツはこの会話を直ちに打ち切り、火器管制将校をこの部屋から追いだしたい衝動に駆られた。だが今重要なのは賢く対処することだ。追いだしたりすれば噂はもっとひどくなり、自分がこの件についてもっと多くを——嫌というほど——知っているのだと乗組員全員に証明することになる。

　ゆえに、この件が気になって仕方がないという表情など、いっさい見せなかった。ケルロンとアトランとタルツ自身のほかに、何らかの事情を本当に知っている者は、ほとんどいないのだ。

　奇妙な装置。転送機……。タルツはあの装置を思い出して浮かびかけた涙を抑えた。あのテクノロジーは名状しがたいオーラを秘めている。死ぬことのない種族がつくりだしたかのような。

「司令官、質問があります」クノル・テル・ペルガンは偶然のようにサーブロボットに目をやった。実際のところ自信がないのだ。出すぎた真似をしているのではないかと、恐れているのだろう。「その装置は、どのようなものなのでしょうか。ケルロン・ダ・ホツァリウスは何を発見したのでしょうか」

タルツはかろうじて激しい怒りを抑えこんだ。

〝何の権利があって、私の面前でそのような疑問を口にしようなどと思いついたのだ？〟

クノルが本当に何らかの答えを期待しているとは思えなかった。いやむしろ、これはゲームなのだ。この火器管制将校は、司令官の反応を試そうとしている。

だが、クノルは過ちを犯していた。このタルツを相手に、陰謀や策略や奸計で優位に立てる者などいようはずがない。一生のあいだ、アトランの、皇帝の息子の側近として仕えてきたのだ。アルコンで権力者の宮廷に出入りしてきた――少なくとも、アトランとともに銀河の辺鄙な場所へ送られるまでは。つまり長年にわたって、大帝国の心臓部で繰り広げられる権力闘争全般の一部だったわけだ。好むと好まざるとにかかわらず。

だからこそタルツは、何度も軍人としての人生に舵を切った。戦争に参加することを望んだ。すべてが……政治よりはましだったからだ。たとえメタンズであっても。ただ、朝から晩まで意味もなく待機し、かくれんぼをしているほうがましなのかどうかまでは、確信が持てなかった。

「それは……噂だ」タルツは、自分ももっと知りたくてたまらぬ、そう言わんばかりの口調で応じた。たしかに気になることはあったが、クノルが考えている次元とはまったく別の問題だった。この火器管制将校のような者には思いもつかぬ観点の疑問で、頭がいっぱいだったのだ。「それに対する事実は、アトランがケルロンを、直近の偵察をおこなった場所へ、つまりこの付近の太陽系へ再び向かわせた、というものだ」

　クノルは身構え、ひと言ひと言を貪欲に聞き取っていた――だがとっくに知っていたことを聞かされたにすぎない。タルツはこうして、部下と話をする用意はあるという顔をしながらも、本当に新しい情報は何ひとつ洩らさなかった。これは、皇帝の宮殿で真の名人芸にまで高めたわざだ。

「それだけではない」とタルツは続けた。「今回の偵察飛行では、アトランティスから数人の入植者がケルロンに同行している。そして彼らは、《トソマ》の搭載艇の使用を許可された」

　そのほかのうわべを繕う情報については、クノルもとっくに知っているはずだ。知らずとも別のルートから聞きつけるに違いない。とはいえ、今はこれでじゅうぶんだろう。

「おまえは信頼がおける人物だとわかっているぞ、クノル・テル・ペルガン」

　この言葉には、〈何かわかれば私に知らせろ〉といったニュアンスが含まれている。ただ、そのようなことがあるわけがない。とはいえクノルは考える材料を与えられたわけだ。

火器管制将校の反応は期待どおりだった。話はこれで終わりだと理解し、お辞儀をした。

「はい、司令官」

二人はコップの中身を飲み干し、サーブロボットにコップを渡した。

〝政治と、戦闘のない時期に戦艦の乗組員を指揮すること〟とタルツは考えた。〝どちらも同じほど疲れるな〟

この瞬間、そろそろメタンズの船が現れてくれるよう、願った。

4

神話の手がかり

クレスト・ダ・ツォルトラル

薄暗い明かりがついていても、クレストは完全な暗闇のなかに座っているような気がした。

《ペスカーXXV》は、棒立ちになり、反抗的な馬のようにがくんと揺れた。足元の床が突然沈む。搭載艇が一気に殺人的な負荷にさらされ、人工重力なしで宇宙を驀進(ばくしん)しているかのようだ。周囲で何かが折れ、裂ける音がした。金属の外被がこれ以上は耐えられないと悲鳴をあげる。

逃げる三人には、外の宇宙空間で何が起きているのかわからなかった。ホログラムに情報は表示されず、位置のデータもない。自分たちの小さな世界は搭載艇の司令室だけとなり、壁の向こうを見ることもできなかった。壁や床で何かが裂ける音がし、遠くの爆発の反響も聞こえ、恐怖心をあおられる。

「つまり」と、タチアナ・ミハロヴナが状況をまとめた。「私たちは今、宇宙を漂う柩のなかにいるわけですね。そしてついに死ぬときが来るのを待っている。そのうえまったく余計なことに、どこかの馬鹿がこの柩を攻撃しているのですわ」

トルケル＝ホンが司令室の出口のほうに這っていった――立ちあがることはできない。あいかわらず頭の高さでエネルギーフィールドが揺れているからだ。

クレストはそのフィールドに触れないように何度も警告していた。

「どこに行くつもりなのですか？」とアルコン人は尋ねた。

トプシダーが振り返った。小さな目が細くなって瞬膜が閉じ、顔の鱗に埋もれてわからなくなる。

「外へ――さらにその向こうの様子を見てきます。これ以上ここに座って、頭の鈍いルラカスのように肉にされるのを待つわけにはいきませんからな！　何者かがこの船に何かをやっているわけだ。もしそれがメタンズならば、少なくとも何が起きているのか知っておきたい」

「ほかに誰がいるというのですか？」とタチアナが尋ねた。

「メタンズではありませんよ」クレストは確信していた。「この戦争について私が知るかぎりで言えば、彼らがこのようなやり方をするはずはありません。メタンズであれば、とっくに搭載艇を砲撃し、それから……」

「……自分の栄誉の杖に刻み目をひとつ増やす、というわけですか？」ロシア人女性が先を続けた。「クレスト――もう一度ききますよ。ほかに誰がいるというのですか？」

「あなたは救難信号を発信しました」とアルコン人が応じた。「それならば、誰かがそれを受信して反応した、というのはありえないことでしょうか？」

女性テレパスは口を開けた。反論しようとしたようだが、いったん黙ってから続けた。

「あなたは希望を持っているのですね？　クレスト。その考えは気に入りましたわ」

クレストはロシア人女性に語りかけた。

「よく聞いてください、タチアナ！　我々が本当に生き延びて、外で待っているのがアルコン人だったなら、あなたの助けが要ると思うのです」

「どのような？」

「あなたのテレパシー能力です」クレストは簡潔に言った。「我々は何があろうと……」

「ついてきてください！」トルケル＝ホンが話をさえぎった。トプシダーの目の前のドアが横に滑り、開いたのだ。「我々を待ち受けているのが救いの手か、それとも死刑執行人か、見てみるとしましょう」

数回の砲撃。それ以上は必要なかった。

メタンズの二隻の船は瓦礫の雲と化した。その赤熱は、じきに宇宙の永遠の暗黒へ消えるだろう。三隻目は逃げようとしたが、船団の重巡洋艦が成功の見込みのない企てを瞬時に終わらせた。あの船の司令官から破壊成功の報告が入るのを待つまでもない。当然ながら、デマイラ・オン・タノスは、彼女の戦艦《エクテム》の司令室で周辺戦略ホログラム越しに戦況を追っていたのだから。

すべてを合わせても、超光速飛行から通常空間へ物質化してから三分もかからなかった。三分、そのあいだに搭載艇の残骸から乗組員を救出した。大した苦労もなく。たまには、とデマイラは思った。たまには総合的な指針を無視して、命令を命令たらしめることが報われるものだ。

本当に報われたのかどうか、彼女にはまだわからなかったが。

共通識別標識によれば、この残骸は《ペスカー》という船の搭載艇だった。デマイラが聞いたこともない船だ。だが大帝国が保有する戦艦の膨大さを考えれば、不思議なことではない。

探知によって搭載艇の悲惨な状況は判明していた。急がなければ、メタンズの協力がなくとも、船体がぱっくり裂けるか、技術装置がすべて機能しなくなるか、人工大気が外被の亀裂から失われるかして、乗組員は死んでしまうだろう。

デマイラは、牽引（けんいん）光線を使って搭載艇ごと乗組員を収容するように命じた。《エクテム》の格納庫なら、あの搭載艇を余裕で受け入れられる。それから状況を確認するのだ。ただ、そうこうするうちに乗組員全員が命を落とすことのないように祈っていた。今のところ生命反応はなく、自動救難信号さえ発信されていない。いい兆候とは言えなかった。

「遷移エンジンの状態は？」デマイラは簡潔に尋ねた。

「《エクテム》の準備は完了しています」通信機越しに、技術者が期待どおりの返事をした。超光速飛行は短いものだった。戦艦の航行距離の限界に迫るほどではない。「四隻の重巡と軽巡も同様です。しかし輸送船には次の飛行に備える時間が必要です。最新の予測計算結果をお送りします」

デマイラは図表に目を通した。単なるルーチン、それ以上ではない。当然だが民間船の遷移エンジンは、戦艦――戦時下の必需品――のそれより弱く、すぐに疲弊してしまう。それでも船団を組むのは特別な理由があってのことだった。どんな者であっても、互いに必要としあう誰かがいなければ、長期的にもちこたえることはできないからだ。

メタンズはアルコン人の船を殲滅すべく、あらゆる場所で敗走船をつけ狙っていた。護衛がついていない輸送船は、遷移エンジンの回復を待つあいだに、なすすべもなく敵の手に落ちてしまうだろう。そこでずいぶん前から相互依存的な随伴飛行というアイデアが実行に移されていた。戦艦ならメタンズの小部隊などあっさりと片づけられる。そのいっぽうで、民間の輸送船がなければ幾多の植民地の人員は破滅してしまうだろう。彼らには補給物資が必要なのだから。このようにして民間人の命を、さらには軍人の命をも守るとともに、補給船の安全な飛行も図られていた。

このもくろみはうまくいった。このため戦艦の司令官は、何があろうと救難信号には応じないように厳命されていた――個々の敗走船は不要とされたが、船団全体は必要なのだ。

そして、デマイラ・オン・タノスが率いている船団は、不要どころの話ではなかった。彼らは無意味に思える植民地へ直ちに必要な物資や交換部品を届けるべく、きわめて重要な指示のもとで移動し……物資の輸送に加え、秘密指令をひとつ実行することになっていた。

それでもデマイラは、自分の行為を悔いていなかった。

彼女は司令官席を離れ、探知装置が敵船を捉えればすぐに連絡するよう命じた。だがこれまでの経験から、たいていの場合、危機に陥ったメタンズの船に応援が来るまで、ある程度の時間がかかることはわかっている――それも船が破壊される前に救難信号を発していれば、の話だ。おそらくそんな時間はなかっただろう。

デマイラは、自分が誰を救ったのか確認すべく、中央格納庫へ向かった。船団の民間輸送船すべてが飛行できる状態になるまで、一時間ほど使える時間があるはずだ。

まずオートウォークを使い、すぐに小型単座浮遊機に乗りこんだ。厳重に防御された司令室を出て中央球殻部を横切り、格納庫に至る中央通路を疾走する。

格納庫に着くと、天井のすぐ下に設置された回廊に上がった。搭載艇の残骸の収容を見守る。船体にはいくつも穴があった。外見から判断するに、船内の爆発が原因のようだ。さらにメタンズの砲撃による典型的な損傷も認められる——司令官として何十回も目にしてきた。アルコン鋼が極端な高温にさらされて斑点状に黒く染まり、赤道環が損傷し、砲台の開口部が融けていた。

アルコンの太陽のもと、目新しいことは何ひとつない。

格納庫の隔壁が閉じ、牽引光線が搭載艇を手荒く床に下ろした。金属と金属のぶつかる轟音がデマイラのもとまで届く。彼女は自分のために生じさせたエネルギーフィールドの奥に立っていた。これは聴覚的にもある程度のシールド機能があり、周囲の騒音を大幅に低減する。デマイラは荒々しく手を動かし、高圧的な口調で指示をしてフィールドを消すと、反重力エレベーターに足を踏み入れて下へ降りた。

まだ足が床に着かぬうちに、戦闘ロボットが搭載艇のエアロックを開けて進入路を確保し、なだれこんでいく様が見えた。この時点では慎重にいかなければならない。この船団が到着するより前に、メタンズがこの搭載艇に侵入していた可能性はごく低いとはいえ。

〝そしてこのすべてが〟とデマイラは考えた。〝おそらく何の益にもならないのだろう。あのなかでアルコン人がまだ生きているのであれば、とっくに何らかのアピールをしているはずだからな〟

クレスト・ダ・ツォルトラル

クレストは、ズシンズシンという足音めいた鈍い響きを耳にした。恐ろしかった——何者かが船に乗りこんできたのだ。

司令室のドアが破られ、戦闘ロボットが突入してきた。三体の不格好で大きな機械。アルコンのロボットだ。

奇跡は存在するのか？

どうやら存在するらしい。

それでも恐怖は去らず、クレストをしっかりと捉えていた。ロボットは彼と二人の同伴者をつかみ、引きずるようにして司令室を出ると、搭載艇の外に向かい、《ペスカーＸＸＶ》を収容したらしき見知らぬ船の格納庫に出た。

クレストを迎える者はいなかった。何が起きているのか説明してくれる者もいない。その代わりに、なおも爆発に揺さぶられている搭載艇を牽引光線が捉え、格納庫の外へ、宇宙空間へ放りだした。搭載艇は無数の小爆発を起こしながら消滅した。

このようなことが起こる可能性を、付帯脳は嘲笑を込めて、かなり低い、と評していた。

〝どれほど低いのか、おまえは知りたくもないだろうがな〟

〝可能性の低さについては、おまえの言うとおりなのだろう〟と、クレストは思考のなかで応じた。実際のところ、正確な数字に興味はなかった。何の役にも立たないからだ。実際に起きた、重要なのはそれだけだ。ありえないことであろうとなかろうと。それでも付帯脳は満足していなかった。

〝たしかに救難信号は発していたさ。だがな……〟

今度はクレストが思考の流れを中断した。

〝だがではない。我々はまだ生きている。そして今は、生きつづけることに集中すべきだ。我々はアルコン人のもとにいるようだが、彼らは数えきれぬほどの世代を隔てた過去の者なのだ！　まさに今から困難が始まる、それはじゅうぶんに考えられることではないか〟

今重要なのは、山ほどやらかしかねないとはいえ……へまをしない、ということだ。レジナルド・ブルが地球でそのような言い方をしたことがある。非常にわかりやすい名言だとクレストは考えていた。これにあてはまる簡潔で的を射た言い回しは、アルコン語には見当たらなかった。

救ってくれた者に尋ねたい疑問は数多くあり、クレストたちが問われても答えるわけにはいかない疑問も、いくつもあった。自分たちの真の出自は闇のベールに包んでおくべきだろう。そしてこのメタン戦争の結末を知っていることも。そう、アルコン人は最終的に勝利を収めた。だがクレストにはさっぱりわからないのだ。一万年前に、そして現時点から見たいくらか先の未来に、どのようにして勝ったのか。あるいは、いつ絶え間ない戦闘がやんだのか。数週間後か、数カ月後か、あるいは数世代後になってからなのか？　あまりにも多くのことが闇に包まれ……。

学者としての好奇心が老アルコン人のなかで頭をもたげた。死を目前にし、いいように解釈しても絶望的と呼ぶにふさわしい状況に置かれているというのに、そのようなことは完全にどうでもよくなっていた――彼は己が種族の歴史の一部をなす、はるかな過去の真実を知ることができるのだ。考えただけでも魅了される。

〝ただな、どうやって新発見をするつもりなんだ？〟と付帯脳が尋ねた。〝観察するのか？　それとも積極的に介入して、すでに起きたことを変えようって魂胆なのか？〟

言葉の端々にはっきりと表れている警告など、聞くまでもない。慎重に動かねばならないことはクレストにもわかっていた。大した意味がなさそうに見える行為によって、大帝国の歴史を、いや銀河全体の歴史さえ変えてしまう恐れがある――良かれ悪しかれ。

そしてクレストは、幻想など抱いていなかった。すべてが否定的な方向に変化する可能性のほうが大きいのだ。帰りたいと願っている現在が、過去の世界で自分たちがおこなった行為のために存在しなくなってしまったら、どうする？　自分たちが介入しなければ、惑星トラムプとその住民たちの運命は違っていたかもしれないではないか？　もしあのイルトが権力の重要な一角を担うまでに成長していたら――あるいはまったく成長していなかったら？

数多くの可能性があり、すべてを考慮に入れるなどできはしなかった。どう頭をひねってみても、選択肢はひとつしかない。知識を最大限に活かし、良心に従って行動する。そして……何が起きるのか、待つのだ。

とはいえ、この過去の世界でクレストたちの未来の鍵を握っているのは、間違いなく、格納庫に入ってきて、微動だにせぬ視線と侮蔑に満ちた表情で彼らを見すえている、アルコン人女性である。

「私は、デマイラ・オン・タノス」

その声はクレストの第一印象と完璧に一致していた。尊大で、自信があり……慇懃無礼と言うべきか？　いや、これは落胆の響きだろう。とはいえそれを隠そうとしている。わずかな、だが重要な差だ。老アルコン人はあらゆるニュアンスに注目した。この女性の心の内を正確に見抜けば見抜くほど、にわか仕立ての作り話を押し通せる可能性が高まるのだから。

クレストはタチアナ・ミハロヴナに目を向けた。テレパスである彼女は、このアルコン人女性の思考を読めるはずだ。作り話を仕立てる際にあわただしく決めた手順にしたがって、タチアナがクレストに合図をした。

〝落胆です、まさに〟とクレストは考えた。〝おそらく、力尽きたよれよれの三人以外の何者かも救出できれば、と考えていたのでしょう〟

「私はクレスト・ダ・ツォルトラルです」とクレストは言った。これはアルコン人の名前で、この時代ではありふれたものだ。いずれにせよ、どんな形であれ身元を証明するのは不可能だった。当然ながら、三人のうちの唯一のアルコン人として、代表者の役割を引き受けるしかないだろう。「こちらは私の同行者、タチアナ・オン・ミヒャロで」――アルコン人めいた響きが役に立つかもしれない――「そして、トルケル＝ホンです」

「クレスト・ダ・ツォルトラル」とデマイラは繰り返した。高貴な青白い顔をして、白銀の髪の先がちょうど肩にかかっている。制服の下には少年のような体型が見て取れ、胸は子どもの拳のように小さかった。弱々しい印象を受けるが、どう考えてもそんなはずはない。戦時中に司令官の地位を得ている以上、もっと別な何かを備えているはずだ。

「一度も聞いたことがない名前だな」

クレストは少し考えた。

「そう聞けて嬉しく思っております」

女性司令官の好奇心を刺激できれば、と考えて発したメッセージだった。成功すれば、小さくとも一歩は前進できる。

「そうか?」とデマイラが言った。

クレストは満足の笑みを抑えた。成功したのだ。しばらく黙り、待った。

「私は《エクテム》の司令官であり、この戦艦が率いている船団の指揮官でもある」デマイラ・オン・タノスは続けた。「想像がつくと思うが、私には、おまえがさらに多くの情報をしぶしぶ披露する気になるまで待つよりも、重要な用事がある」

デマイラの傲慢な言葉遣いにこもる怒りは、見逃しようがなかった。クレストはこの芝居を引き延ばすのをやめ、手早く進めることにした。

「救っていただき、感謝しております。こちらの二人の名におきましても。私は学者として、戦争に貢献する研究プロジェクトに取り組んでおりました。アギドゥス・ダ・アンデックが司令官を務める《ペスカー》が、このプロジェクトの護衛をしていたのです。ところがメタンズに急襲され、あやうく脱出できたのは、我々の搭載艇だけでした。これ以上の詳細は……」

「わかった」と女性司令官がさえぎった。「それ以上の詳細は機密であるため話せない。それでいいか?」

クレストは称賛をこめてうなずいた。まばたきをすると興奮の涙が目の端から流れ落ちた。急ぎタチアナに視線を向ける。ロシア人女性は両手の指先を一瞬そろえた――デマイラ・オン・タノスは作り話を信じたようだ、という合図だ。

やがて女性司令官は無言で背を向けた。だがもう一度、ついでのように振り返る。

「おまえたちには居室を与えてやる。アルコンに問い合わせてみよう。ハイパー通信で返答がありしだい、おまえたちに知らせる」

クレストは頭のなかでさまざまな要素を検討した――アルコンははるか遠い。通信による問い合わせはいくつかのリレーステーションを経て送信されるはずだ。だがそのステーションもメタンズの格好の餌食（えじき）になっているに違いない。返答が来るまで、数日は待たされるだろう。

「それまでは？」とクレストは尋ねた。

「私の船内で過ごし、船団の目的地まで同行してもらう」

女性司令官はそう言って背を向けた。

「目的地はどこなのでしょうか？」

デマイラ・オン・タノスは、振り向きもせずに返答した。

「銀河の渦状肢（かじょうし）にある、どうということのない植民地だ。ラルサフIII」

老アルコン人は、女性司令官の後ろ姿を凝視した。

〝奇跡が本当に存在する証拠が、またひとつ見つかったな〟と付帯脳が発言した。〝それ

とも、驚くべき偶然がまたひとつ、それだけか?〃
　偶然どころではない、とクレストは確信していた。だが言葉にすることはできなかった。陳腐な言い回しが頭に浮かんだだけだ。幸運。宿命。星の神々の手。エントロピーのなかの秩序。予知。
〃もう一度言うが〃クレストは思考を付帯脳に集中させた。〃何であれ同じことだ。我々は、起こるがままに受け入れるしかないのだから〃
　ラルサフⅢ——その住民がのちに地球と名づけ、最近ではテラと呼ぶようになった惑星の、アルコン名だ。自分たちはあの星の転送機を通り、どこともつかぬ場所へ旅立った。あの星からはるかな過去へ送りこまれた——アゾレス諸島付近の海底ドームから始まった、混乱と危険だらけの彷徨は、今、同じ場所へと三人を呼び戻そうとしている。
〃同じ場所じゃないがな〃付帯脳が冷静に訂正した。〃一万年前の過去の世界で、同じなんてことがありうるか?〃
　珍しくクレストは反論しなかった。実りのない議論をする気になれぬから、というだけの理由ではない。はるかに重要なことが頭にあったからだ。
　これまでに判明している事実によれば、まさにあの植民地の正体不明の司令官は、不死だった……あるいは今もなお不死なのだ。クレストは海底ドームにいたときからそう考えていた。あれは探求の目的地の——つまり不死の世界の、きわめて具体的な第一の手がかりだった。

その世界の神話は銀河全体に広まっている。どこで耳を傾けるべきか、また、どのような問いを立てるべきかを知っていれば、わかることだ。

永遠の命。細胞の老化も病気もない。あらゆる種類の怪我に対する抵抗力さえ得られるかもしれない。

あらゆる世界の知的生命体が常に追い求めてきたことが、現実となる場所だ。自分以上の何かが存在し、自分の命はいつか終わると、思考する存在がはじめて理解した、あの瞬間から。その認識ゆえに問いが生じた。今のところは答えが得られていない問いだ。少なくとも、クレストが受け入れられそうな答えは存在しない。死はすべての命にあまねく内在し、目的であり結末で……。

……いや、そうではないのだ。いいかげんな情報をもとに永遠の命を探し求め、はじめから失敗する運命にある方法で追おうとする愚か者は、昔からいた。この決定的な究極の秘密を解明した種族は存在しない。宗教、医学、学問全般、精神世界、倫理、発達した文明の法や定め——そのすべてをもってしても、答えは得られなかった。

クレストへの答えはなかった。

その体を病に食い荒らされ、間もなく永遠の無へと引きずりこまれるであろうアルコン人への答えは、どこにもなかった。

聖職者でも彼を助けることはできなかった。救世主も、銀河のあらゆる最先端医療技術を身につけた医者も。医術に長けた種族であるアラスなら、折れた骨を接合し、数秒以内で治せるかもしれない。彼らは腕を一本再生させ、機能しなくなった臓器を取り替えるべく培養しなおすことさえできるだろう……それでもクレストの状態ではわずかな好転しか望めないはずだ。すでに判明していたすべての病巣が広がっているのだから。

秘密。

神話。

不死との出会い。

永遠の命の世界。

「クレスト？」

しばらくしてトルケル＝ホンが尋ねた。彼らは三人だけで、アルコンの女性司令官に与えられた居室にいた。自由に動きまわれるのはこの室内だけで、ドアの前には見張りの兵士が一人立っている。デマイラ・オン・タノスはごくわずかな疑念を見せただけ――クレストはそれでじゅうぶんに満足していた。もっとひどいことになっていてもおかしくなかったのだから。どうやら盗聴はされていないようだ。部屋を調べてそう判断したが、タチアナがテレパシーで責任者の心に探りを入れても同じ結論になった。デマイラは彼らの作り話をおおむね受け入れ、三人を信用して――わずかな制限は別として――捕虜(ほりょ)ではなく客のように扱っていた。

この部屋の明かりは薄暗く、椅子はひとつだけだった。そこにクレストが座っている。トプシダーは壁に固定された狭い寝台に座り、壁に背中を預けていた。タチアナは、小さなバスルームに続く通路の手前の床に座りこんでいる。彼女があぐらと呼ぶ、両脚をからませた複雑な姿勢で。クレストは人間の奇妙な面を発見しつづけていた。実に興味深い種族だ。無数の細かい点にいたるまで。これからも人間のさらなる歩みを見ていくことができれば、と心から願っていた――タチアナやほかのミュータントたちの進歩を。名状しがたい特別なものを内に秘めた、ペリー・ローダンが歩む道を。

ずいぶん長く考えこんでいたようだ。トルケル＝ホンが再び話しかけてきた。今度は鼻づらを上げて。

「これは偶然でしょうかな?」

何の話かは、明白だった。

「あなたはどうお考えなのですか?」とクレストは尋ねた。

トルケル＝ホンは黙った。このトプシダーを賢者とならしめた英知でさえ、今は行きづまっているようだ。

その代わりにタチアナが答えた。

「私の種族の多くの人は、このような偶然は存在しないと考えるでしょうね」

「偶然でなければ？」

「すべてがより高い力によって導かれている、というわけです。それを何と呼ぶかに関係なく。あるいは、どんな決断を下しても、どれほど重要なチャンスをつかんでも、淘汰という運命が待っている。定められていたように起こらなかったことは、滅び、さっさと消えてしまう」タチアナは笑った。「私に言わせれば、馬鹿馬鹿しい話ですわ」

クレストはロシア人女性を見た。

「タチアナ、あなたは何を信じているのですか？」

「信仰ですか？」彼女は否定するように手を振った。「そんなものに関わってはいませんわ。私には自由な意志があるとわかっていますから。私は私が望むように決めるのです。あなたがたと一緒に転送機を通ったのは、私がそうすると決めたからです。賢い決断であろうとなかろうと。過ちであれば、その結果を引き受けるだけ。成功すれば私の手柄ですわ。ですから、私たちが地球に戻っているのも偶然なのです。私たちがよりによってこの《エクテム》のそばへ行くように導いた者もいませんし、デマイラ・オン・タノスが私たちの救難信号をキャッチするように仕向けた者もいないのです」

タチアナは激怒しているような口ぶりだった。座ったまま脚を体に引き寄せ、両手を膝に置くと、返事を期待するように二人を見た。

「あなたがお話ししている自由な意志ですが」やがてトルケル＝ホンが口を開いた。「誰があなたに与えたのでしょうな？」

タチアナは戸惑った顔をした。

「私には自由な意志があるのです。私が人間だからですわ。個人だから。自分で決める権利を、誰も私に……与えることはないのです。そんなものはとっぴな考えですわ」

「そうですかな？」

トプシダーは壁に背中をこすりつけた。金属とすれる音がして、鱗が落ちる。

このひと言は長々とした哲学論文よりも効いた。タチアナ・ミハロヴナは、自信を失った様子で下唇を噛んだ。

「ありのままに受け入れることにしましょう」とクレストが言った。二人の議論から知的な刺激を受け、魅了されてはいたものの——実りのない議論であることに変わりはなかった。このような議論には、後でゆっくり取り組めばいい。後で*が*あるのなら。「ラルサフⅢに着いたら何をしましょうか」

当然ながら、タチアナもトルケル＝ホンも返事をしなかった。何を言えばいいというのだ？

待つしかない。間もなく探求の旅の目的地に着くのだろうか。永遠の命の世界に続く道が、もうすぐ見つかるのか？

あるいは——そう考えてクレストは体に電気が走ったような気がした——過去の地球がその世界だというのか？　だからこそあの世界は伝説と化したのか？　特別な機能を失ってしまったから？　いや、クレストと《アエトロン》が、一万年後によりによって地球の、大気のない衛星に不時着したことこそが、偶然だったのだろうか。

　このような考えは好きなだけひねり回していられた。ひとつ考えるごとに新たな疑問が生まれる。それが哲学的なものであれ、いくらか表面的なものであれ。

　待つしかない。

　待つのだ。地球に戻るまで——あるいは、ラルサフⅢへ、その星にあるアルコンの植民地へ、さらには、謎に包まれた不死の司令官のもとへ、たどり着くまで。

5

お忍びのテラ

フェルティフ・デ・ケムロル

星々の小舟。

フェルティフ・デ・ケムロルは、この舟につけられた名前について考えていた。パピルスと葦だけでつくられた小舟。この名前は、ディーラの傲慢さから、また、際限のない自信過剰ぶりから選ばれているような気がした。それは彼女らしいやり方であり、ここに住むほぼすべての人間たちらしいやり方でもあった。そしてだからこそ、フェルティフはここまで魅了されているのだ。

この舟では決して星に行けないだろう。永遠に広がる海面から、一センチたりとも浮きあがることはできないのだから。だが、これまではつくられた目的を完璧に果たしている——彼らにこんなことができるとは考えもしなかった。ラルサフⅢの住民の原始的な発達段階で。だが、彼らはすでに特別な手作業の技術を高い完成度で身につけていたのである。〝果てしない海を行くための、葦の舟〟とフェルティフは考えた。〝彼らが星に行こうと考えたが最後、お笑いぐさなほどぼろぼろな船体でこの惑星を離れようとするのだろうな。太陽風を捉えるために、帆を張りさえするかもしれない〟

アルコンの執政官は、外見をこの惑星の住民に似せるマスクをつけて、星々の小舟の甲板に立っていた。顔に風を感じる。風はフェルティフの髪をすき、なびかせた。帆を張ったマストには、松明（たいまつ）がひとつくくりつけられているが、揺らめく光は甲板も照らせていない。ましてや夜闇のなかで前方を見る手助けにはならなかった。周囲の海は深い暗黒に沈み、波がうねる音と舷側（げんそく）に打ちつけるしぶきの音しか聞こえなかった。

悪天候にならなければ順調に進める。だが本物の嵐になれば、星々の小舟はもちこたえられないだろう。

この舟にいるすべての人間の名前は把握した。率いているのはディーラ——よりによってあの女性だ。フェルティフは、この人間の女性と再び会うことになったのは偶然なのだろうか、と繰り返し考えこんでいた。

彼女のことはすぐにわかった。そして心底驚いたことに、彼女のまなざしと態度が、目の前のフェルティフが何者なのか理解している、そう語っているような気がした。だが勘違いに違いない。変装は完璧だったし、二年前に人間のもとへ行った者とは、外見がまるで違うのだから。

彼女に自分がわかったはずがない。

そんなことはありえない。

考えられない。

だが、ふと感じたことを後押しする何かが再び目につけば、そうなのだと納得してしまいそうな気がした。

海上でまる一日を過ごし、まっすぐにアトランティスへ近づいていた。あの植民地へ。ディーラとほかの者にとっては神々の街であり、フェルティフにとっては、故郷アルコンから遠く離れた我が家だ。夜になっても、ディーラの弟で、回りにくい舌の持ち主であるエグモガストは、完璧に正しい針路を保っている。彼らは星の位置を手がかりに舟を進めていた――だからこの舟にも星の名前がついている、そう予知者の女性は言い張っていた。

実に筋の通った理由だ――だがフェルティフの頭には、絶対に起きてはならなかった別の光景が浮かんでいた。「私の正式な名は、フェルティフ・デ・ケムロル」あのとき、ディーラと胎内の子どもの命を救ったあとで、彼はこう言ったのだ。「私は星々から来た」

あれ以来、彼女は宇宙への憧れ(あこが)れを胸に秘めてきた。フェルティフはそう確信していた。

アトランティスへの憧れ。

フェルティフへの憧れ。

ディーラはフェルティフを神だと思っている。彼女の立場になって考えれば、その気持ちはよくわかる。別様に考える余地はなかったはずだ。フェルティフはテクノロジーの力で彼女に分娩させた。ディーラには魔法としか思えなかったに違いない。彼女の人生を終わらせていたであろう産婆のナイフとは、レベルが違いすぎる技術だった。アルコン人の生活は、ラルサフⅢの人間から見れば神々のわざのように思えるだろう。かつては、遠い昔には、アルコン人もここの住民と変わらなかったはずだ。たとえ独善的な種族がそれを忘れようとしても。たとえ自分たちは万物に冠たる存在だと考えているとしても。

これまで自然界の音だけが静けさを破っていた崇高な静寂に、足音がまざった。その響きで彼女とわかる。

「ディーラ」フェルティフは振り返らずに言った。

彼女は驚かなかった。

「眠らないの？」

フェルティフは微笑んだ。

「おまえもそのようだな」

ディーラは、しっかりと縛られた葦の束に両手を乗せた。安全のために船べりに取りつけられた葦の束の向こうにあるのは、闇と浅い喫水と、永遠の海面だけだ。

「もう眠っていたのだけど」

「だが？」

「いろいろと考えこんでしまって。私たちはあの街に行ける？　そこで何が待っているの？」

「私にはわからない」

フェルティフは嘘をついた。うわべだけの言葉がやすやすと口から出る。こんなふうに嘘をつくことにはすっかり慣れていた。何年も前から、アトランティスを離れるたびに嘘をついてきた。だが一度だけ嘘をつかなかったことがある。あのときもディーラのそばにいた。血を流し、疲れきり、心の底から驚いていた彼女のそばに。

ディーラは黙った。

「なぜあの街の方角をこれほど正確に知っている？」とフェルティフは尋ねた。「私も噂は聞いたことがある。だが……」

意味深長に言葉を切った。彼女が好きに解釈できるように。

「あの街には、陸からでも行けるの」とディーラは言った。「少なくとも、遠くから夢のような建物が見えるところまでは。それ以上はあの……住民たちが近づかせてくれない。どこにでも目があるみたいに」

「そこで引き返したのか？」

「住民たち。神々。名前はどうでもいいのだけど」

フェルティフも葦の束をつかんだ。左手がディーラの右手のすぐそばにある。

「おまえが話しているその光景のことだが、その目で見たことがあるように聞こえるな」

「一回だけじゃない」

「だが海路で一泊二日かかるのなら、陸路で行くのは……」

「海より三倍時間がかかるのだけど、行けるの。何度も陸の道を通って、遠くからあの街を眺めたわ。敵があちこちに潜むようになってからは、危険すぎる道になってしまって、舟を使うしかなかった。敵から逃げて、あの街に隠れようと思うなら。あの塔を眺めて、あの街に降りる天の涙を見たければ」

天の涙？　フェルティフは一瞬驚いたが、ディーラの比喩めいた言葉が何を指しているのか、すぐにわかった。グライダー。宇宙空間で待機する大型船まで飛ぶ、補給用の小型搭載艇だ。

「塔？」

何かを言わなければと思い、フェルティフは尋ねた。もちろん彼女が何を言わんとしているのかわかっている。遠くからでも、アトランの居住区は圧倒的な印象を与えるはずだ。

「あの塔はすべての上にそびえているわ」とディーラは言った。「信じられないほどの高みに身を伸ばしていて、太陽の光が落ちると輝くの。いちばん高い山よりも力強くて、まるで……まるで風がすっかりやんだときの湖みたいに、すべすべしている。そして、頂上に透明なピラミッドがあるの。今まで私が見たことがあるどんなものとも比べられないピラミッド」

その話に耳を傾けながら、フェルティフは、ディーラの手を取って反重力エレベーターに入り、キャリイ＝ガラス製の頂上まで上がってアトランティスを彼女に見せる、自分の姿を想像した。

なんと不埒な考えだ。このすべてがどのような結末を迎えるのかもわからないのに。五人の人間たちが本当にアトランティスの岸に近づいたら、この舟はどうなる？　この星の人間が植民地に立ち入ることはいっさい禁じられている。フェルティフであっても、人間を連れて植民地に入ることはできないのだ。

まして、原始的な者と親しくなりたいという感情に身をゆだねるなど、許されるはずがなかった。

それでもこの人間たちと舟に乗ることにした。数分でアトランティスへ連れ戻してくれるグライダーは、遠隔通信と自動操縦で街に送り返している。緊急時には、やはり数分もかからずに呼び寄せられるはずだ。

今、フェルティフは舟の甲板に立ち、濡れた葦のにおいをかぎながら、自分はいったい何をしているのだと自問していた。

正気を失ったのか？

己が種族のテクノロジー、宇宙船の旅、メタン戦争……すべてがはてしなく遠く感じられた。人間たちとともにいて、ディーラという名の女性のにおいをかいでいるほうが、はるかに現実味があった。

存在する唯一の現実は、こっちのほうかもしれない。

その瞬間、閃光が空を走り、何千もの稲妻に枝分かれした。

厳粛な眺めだった。だがゆっくりと味わう暇はなかった。そのとき、雷鳴が轟いたのだ。

ディーラ

雨が降りつけてきた。星々の小舟は雷雨のまっただ中にある。

嵐はひと呼吸ごとに勢いを増す。天の怒りが自分たちに向かって解き放たれたかのようだ。突然船首が上がり、ディーラは全身を葦の束に叩きつけられ、船べりぞいに下へ滑った。船体のどこかで何かが裂ける音がし、身の危険を感じた。

〝海に放りだされる〟ディーラがそう思ったとき、上腕をがっしりとつかまれ、舟に引き戻された。

フェルティフが引き寄せてくれたのだ。安全なところへ。

だが安全な場所などなかった。船首が下がって水面にぶつかり、海水が甲板にあふれてディーラの足を洗う。

舟を操っていたエグモガストが叫んだ。舟中央の小さな船室からマロカーが走りでてくる。フェルティフの治療のおかげで、あの重傷から驚くべき速さで回復していた。数秒遅れて、ハルフォントとコメルーも続く。

再び稲妻が空を走り、一瞬のあいだ、すべてが現実とは思えぬまばゆい明るさに包まれた。そのとき、突然の風で帆が斜めに大きくはためき、コメルーの背中を激しく打つ様がはっきりと見えた。すべてがあっという間で、誰にもどうすることもできなかった。コメルーは船外に放りだされ、激しく動く手足の塊になり、痛みと驚愕に凍りついた顔が、闇に、そして海に消えていった。

雨の塊が滝のごとく海へ落下した。松明が折れ、明かりが消える。

〝アトランティスには行けない〟とディーラは思った。そのときコメルーの叫びが再び聞こえたような気がした。ハルフォントが船べりに駆け寄り、友を救おうと、常軌を逸した行動に出る気配を見せた。エグモガストがハルフォントをつかんで引き寄せ、改めて櫂（かい）を手にする。だが強風が突然吹き荒れるなかで、星々の小舟をコントロールできるはずもなかった。今にもひっくり返ろうとする舟の転覆を防ぐのさえ不可能だろう。舟は棒立ちになり、マストのどこかがきしんで裂ける音がした。

なぜ神々は、何が待ち受けているのかディーラに示してくれなかったのだろう。なぜ彼女は、この嵐を前もって見ることができなかったのか？

答えはわかっていた。何が起こるのか見えたところで、予知者である彼女の恩寵にはならないからだ。それに、警告を受け取っていたとしても、理解できなかったかもしれない。なぜ、眠れないから甲板に出ようと思ったりしたのだろう？　フェルティフの姿に気を取られてしまった。愚かだった。そのせいで彼女のたった一人の恋人が命を落とすことになったのだ。だがコメルーは、皆より数呼吸ぶんだけ先にいったにすぎない。

山の斜面を滑り落ちるかのように、舟が深みへ叩きつけられた。舟は水面に激突し、波がディーラに押し寄せる。彼女より背が高い波。潮の力に足をすくわれ、海に引き寄せられる。倒れるうちに海水が口いっぱいに入ってきた。反射的に飲みこんでしまい、吐き、咳きこみ、唾を吐いた。なすすべもなく甲板を滑り、周囲に手を叩きつけてつかまる場所を探す。

甲板に両手の爪を立てた。何かが裂け、何とは知らずそこにしがみついた。鋭い痛みが走り、何かが最初は親指の先端に、そして指のあいだに穴を穿った。叫ぼうとしたが声が出ない。いつまでもひらめき続ける稲妻の光のなかで、濡れて血を流す自分の手が見えた。

ついに突風がやんだ。一瞬のあいだ。舟は落ち着きを取り戻し、不穏にさかまく海面で揺れた。引き裂かれた帆の端が頭上で風にたなびき、船室に打ちつけている。

だがもっと恐ろしいのは、稲妻が鬼火のように光ると暗黒から現れる壁だった。波がそびえ立っている。人の背丈の何倍もあり、舟に乗る者を木っ端みじんにしようとしていた。

フェルティフが船室の陰にしゃがんでいる。何か光るものを、顔ほどの大きさのものを手にしていた。

〝神の道具だ〟

ディーラがフェルティフの道具を目にしたその瞬間、なすすべもなく波にもまれていた舟の揺れが突然止まり、荒れ狂う波がどんどん小さくなっていった。ディーラはその光景に戸惑ったが、やがて自分の勘違いに気がついた。波が小さくなっているのではない。星々の小舟が海から浮きあがり、高みへ向かっているのだ。

舟は鳥のように飛んでいた。翼を広げ、はためかせ……。

ディーラははっとして顔の前に手をやった。拳に刺さった葦の茎の、鋭い先端を目にしてはじめて、痛みを感じた。生ぬるい血が手を伝い、手首を越えて甲板にしたたる。

何でもないふりをして葦を肉から引き抜き、落としながら、船べり越しに深みへ目をやった。

思い違いではない。この舟は、飛んでいる。

波は彼らの下で高くうねり、さかまくしぶきが船底に届きそうになっていた。奇跡。神のわざだ。こうなってはフェルティフも否定できないだろう。

いきなり、星々の小舟ががくんと沈んで着水した。だがすでに最悪の状況は脱していた。フェルティフの手にある物体が煙を上げている。彼はその物体を船外に投げ捨てると、両手を振った。ディーラは物体の軌跡を追い、どこで波に呑まれたのか見とどけた。物体の周囲で水が蒸気と化す。それは彼女の心に刺さり、簡単には忘れられない光景になった。

こうして、雨と風と嵐を縫って帆走し、悪天候を切り抜けたのだ。

ほかの者はフェルティフのそばに行こうとしなかった。だが、ディーラは彼の横に行くと、震える手を差しだし、握手をした。

「あなたが誰なのか、はじめからわかっていた」と、彼女は言った。

フェルティフ・デ・ケムロル

舟が降りて、再び波に乗った。まだ夜は明けていなかったが、眠るなど考えられなかった。

ほかに選択肢はなかったのだ、ああしなければ——ほかの人間とともに——死んでいたのだから。アルコン人はそう自分に言い聞かせていた。きわめて重要な規則に照らせば、アルコンの技術を投入せずに人間たちを死ぬに任せるべきだったのかもしれない。だがそうだとしても、フェルティフ自身が死んでもいいことにはならないだろう。

ハルフォントとマロカーは、裂けた帆の残りでどうにかして帆走できないかと、努力を続けていた。

驚いたことに、最初の驚愕が――あるいは最初の恐怖が――去ったあと、誰も、ディーラでさえも、なぜあの街まで飛んでいかないのか、そうすればとっくにアトランティスに着いているだろう、と尋ねたりしなかった。言い訳なら山ほどある。反重力ジェネレータの性能はそんなことができるほど強くはないのだ、というのは真実の一部でしかない――たとえできたとしても、やらなかったはずだ。フェルティフには、アトランティスに着く前によく考える時間が必要だったからだ。

いくら思い悩んでみても、今陥っているジレンマの解決法は見当たらなかった。いっぽうでは、とにかくこの人間たちを見捨てることができなかった。だがそのいっぽうで、彼らを植民地に入れてやるという選択肢もありえないのだ。司令官を相手に、どうやってそのようなことを正当化する？　すべてに限界はある。こうして再び規則を破れば、もう大目に見てはもらえなくなるだろう。すべてに限界はある。アトランの不可解な寛容さにも。そしてフェルティフ・デ・ケムロルは今、最後の一線を越える直前まで来ていた。

だが、ほかに選択肢があっただろうか？

人間たちを、残忍な敵、あるいは海に引き渡せばよかったのか？

彼は、フェルティフは、自分自身をあざむき、規則に屈するべきだったのか？　心底いまいましいと思っている規則だというのに？

「なぜ私がわかった？」

フェルティフはディーラに尋ねた。二人は舟の中心にある船室のなかで座っていた。船室はあの混乱をほぼ無傷でもちこたえていた。ただ、横壁の一部がなくなっている。そこから朝日の最初の光が差しこんでいた。編みこまれた葦から、ときおり滴が落ちる。

ディーラはふとためらった。よく考えなければ、というように。微笑みながら。

「あなたの目つき。状況。今度は違う姿で現れたけれど……」

「これはマスクだ。それだけのことだ」フェルティフは彼女の言葉をさえぎった。ディーラは自分のことを、いつでも好きな外見がとれる神だと思っているのだろう。だが、とんでもない勘違いだ。とはいえどう説明すればいい？「マスクのおかげで私の外見は完璧に変わっていた。おまえに私がわかるはずが……」

「どうやれば、子どもが生まれた夜に命を救ってくれた人を忘れたりできるというの？」

こうして、フェルティフがずっと気になっていたことが話題になった。

「どこにいるのだ？」とフェルティフは尋ねた。彼女の表情から、恐ろしい答えしかないことはわかっている。彼女が口にしたくないと思い、フェルティフが聞きたくないと願う答えだ。「あの男の子に何があった？」

「敵が私たちの村を襲ったとき、戦いの嵐が長いあいだ荒れ狂った」その言葉は冷たく響いた。これまで口にしてきた言葉とはまるで違っている。そこに命の痕跡は感じられず、フェルティフは、原始的なロボットの感情がない声を思い出した。「生き延びられた人はあまり多くなかった。敵が来たとき、私は家の外にいて、ゴドヴァルンが、私の……子どもの父親が、助けだそうと家に駆けこんで」

「わかった。それ以上言わなくていい」

だが、ディーラはトランス状態に陥ったかのように話しつづけた。虚空を見つめながら。「火がついた数本の矢、それから数人の戦士。それだけでじゅうぶんだった。誰にも止められなかった。ずっと見ていたけれど、私は……。二人とも出てくることは……」

ディーラの声が途切れた。

「ゴドヴァルンとおまえの子どもは、家から出てこなかったんだな？」とフェルティフは尋ねた。ディーラがうなずくだけで話を終えられるように。

彼女はうなずいた。はてしない悲しみに沈んでいるようだ。記憶に命を奪われかねないほどに。

「あなたとあなたの……あなたたちのところには、戦争なんてないのでしょう？」

急に話題が変わってフェルティフは驚いたが、正直に答えることにした。

「いや、ある」と小声で言うと、宇宙船が爆発する様が目に浮かんだ。アルコンの船とメタンズの船、両者の破滅を引き起こしたのは、彼自身だった。「しかも、おまえたちの戦争より、はるかにひどいものだ」

彼らはアトランティスを遠方に認めた。フェルティフ・デ・ケムロルは、はじめて目にするかのようにその街を眺めた。目の前の奇跡に驚く人間の目でもって、その光景を見たのである。

輝く金属、光を反射する割れそうにないガラス……この世界の住民が知らぬ素材だ。アトランタワーはアルコンの基準で考えても巨大で、すべての上にそびえ、海岸の岩礁（がんしょう）のすぐそばに建っている。その横に人造湖が広がり、湖面が夏の暑さに揺らいでいた。弓なりの水路が小さな宇宙空港の離着陸場ぞいを流れ、空港には数機のグライダーが駐機している──天の涙（い）だ。

周囲の建物は、建築家がそれぞれの本領を発揮しあう協定を結んだかのように、アイデアの豊かさを競いあっていた。奇抜さを欠いた漏斗状の建物も設計するが、旧来の建物以上の何かも建てられる、そう証明したかったかのようだった。

中央のレクリエーション地区には、ちょうど千個の小さなプラットフォームとボックス席の集合体があり、そのうち東側の半分が湖水に突きだし、また、銀線細工のような配管系の数十メートル上にそびえてもいた。全体としては、王者の宮廷たる湖へ行こうと、今にも舞いあがらんとするアルコンの鶴のようだった。タラリン・オン・ツィーロンは――ある者は天才建築家だと言い、またある者は「生まれた場所に舞い戻るためだけに、皇帝の下水溝からひっきりなしにわいてくるうじ虫」だと言った――こうして自分の記念碑を建てたのだ。フェルティフはタラリンに好感を覚えたことは一度もなかったが、これには圧倒されていた。実際、彼女の振る舞いはうじ虫に似ているところが多々あった。ただ、上に持ちあげられているおかげで、ぼんやりと歩く者に踏みつぶされずに済んでいるだけだ。

とはいえ、意味のない考えにふけっていても仕方がない。何の解決にもならないのだから。彼らは海からアトランティスに向かっている。間もなく目に見えぬ境界線に接近するはずだ。それを越えると自動防衛措置が取られる。あれは簡単なプログラムが施されたロボットステーションで、軽いものを、つまり星々の小舟のような小型船を、人工的な潜流や風によって航路から外すことができる。

この世界の人間は、決してあの街に入ることはできない。陸路であれ海路であれ、どのような道をたどろうと……。地球人から見れば、常に自然界や神々の意志が立ちはだかっているように思えるだろう。だが実際には子どもだましなほど簡単な装置だ――とはいえ個々の出来事が、謎の都市で暮らす住民の神秘的な力の噂を広めていく。

神々の力。

ゆえに、フェルティフは難しい選択を迫られていた。自分はディーラやほかの者の目に映る神となりたいのか？　それとも、彼らに事実を告げる義務があるのか？　だが、彼らに事実が理解できるだろうか？

彼の横で、ディーラが同じように黙ったまま遠くを見ていた。彼女の仲間はあいかわらずフェルティフを避けている。彼のことが、そして彼が体現している不気味なものが恐ろしいのだ。それはわかっていた。状況が違えば、隙を見せた途端に背後から襲って殺そうとするに違いない。フェルティフは地球の人間たちにとってあまりにも異質で、恐怖を感じさせるからだ。

だが、仲間たちとは逆に、ディーラは彼との距離をますます縮めていた。フェルティフには、なぜ彼女が自分を信じるのか理解できなかった。同族を凌駕(りょうが)するあの強さの源は何だろうか。かつて一度自分と会ったことがあるから？　予知者ゆえに、より高き力とつながっているからだろうか。

いずれにせよ、彼女の特殊な能力はどこから生じているのだろうか、だがそんな能力など存在しないのではないか、と、自問しつづけていた。ディーラには本当に未来が見えるのか？　それとも一連の宗教儀式、あるいは……妄想に立脚している？　とはいえ彼女が特殊なミュータント能力を有している可能性はじゅうぶんにあった。

思いがその点に至って、フェルティフははっとした。

当然ではないか！

なぜもっと早く気がつかなかった？

超能力……きわめてまれな現象。皇帝の息子の指揮のもとで植民地が建設された世界の、原始的な住民が備えている力。ディーラはほかの者と違っている。彼女には価値がある。規則に反して彼女を例外とした行為をアトランの前で正当化するには、この事実をうまく披露するしかない。

ときに、解決策が近くにありすぎて気づけないことがある。明白すぎる事実のために見通しがきかなくなるからだ。問題解決に必要なテクニックは、特別なことに目をとめ、真に価値がある物を――あるいは者を――見抜くことだ。

「波が高くなってきた」

ディーラの言葉でフェルティフは我に返った。

「風はほとんどないのに」と彼女は続けた。

それが何を意味するのか、わかっていた。ロボット制御の自動防衛装置が介入してきたのだ。フェルティフの手がズボンの大きなポケットに伸び、発信機をつかむ。

「ここは私が何とかしよう」そう、はっきりと口に出した。心は決まった。ディーラの目をまっすぐに見る。「奇跡の国がおまえを待っているぞ……」

6

歓喜の相対性について

タルツ・デ・テロマー

いつわりの平穏は、探知将校の報告によって興奮のかけらもなく終焉を迎えた。

「メタンズの船が一隻、当星系内で物質化しました」

その言葉を受け、司令室は一瞬静まりかえった。

〝愕然としているかのようだな〟と、《トソマ》の司令官タルツ・デ・テロマーは考えた。

タルツの戦艦は、あいかわらずラルサフ星系付近の重要とは言えぬ太陽の近くの、探知の盾のなかにいた。ラルサフ星系には、この太陽と変わらぬほど価値がなく、植民地アトランティスだけが華をそえている惑星がある。

〝これだけ待たされた挙句に何かが起きて、驚いているわけか〟

タルツは司令室中央の周辺戦略ホログラムに体を向けた。

「報告を続けろ！」と振り返りながら命じる。

探知将校は猛烈な勢いで任務に取りかかった。ただのルーチンワークではなく、人生最大のクライマックスであるかのように。測定値や距離を次々と読みあげ、その言葉と寸分違わぬデータをホロが表示していく。最後には、簡潔で、安堵すべきとはいえ落胆させられる事実が明らかになった。現れたメタンズの船は一隻だけで、危険でも何でもなかったのである。戦艦ではなく、情報収集用の哨戒艇だった。

メタンズの哨戒艇は、赤色矮星の死した第三惑星へコースを取った。

攻撃に移るべきか？　メタンズの小型艇など、《トソマ》の相手にもならぬ。破壊すれば──戦闘の結末は確実だ──アルコンの植民地が敵に発見される危険性を排除できる。だが、この銀河の片隅の渦状肢にも無数の太陽が存在しており、ラルサフの惑星からそう離れていないとはいえ……じゅうぶんに距離がある。メタンズがアトランティスを発見する可能性は低いだろう。

そのうえあの哨戒艇は機動性が高く、《トソマ》より敏捷なのだ。これも攻撃せずに待機せよと告げる要因だった。

〝これまでさんざんやってきたようにな〟

万一、敵の哨戒艇が攻撃をかわして逃げるようなことがあれば、直ちに大艦隊とともに戻ってくるだろう。

その場合には、偶然そのへんに現れた一隻の哨戒艇ではなく、数十、いや数百のメタンズの戦艦と対峙することになる。その艦隊は付近をくまなく調べてアトランティスを発見し……数を頼りに殲滅するはずだ。

すべてが想定の範囲内だ。この状況でタルッが動けば現実となる、明白で論理的な結末である。それでも《トソマ》の司令官は逡巡していた。

筋の通ったあらゆる理論的な予測に反して、直ちに攻撃すべきではないか？　新たに複数の敵機が現れる可能性は低いだろう。上官に重要な情報をもたらすわけでもない敵の哨戒艇がこれ以上現れる可能性も。とはいえ、全体から見れば何の意味もないであろうささやかな勝利を今後収められる可能性もまた、低いのだ――それでも勝利は勝利だ。それを見過ごすわけにはいかない。

「司令官？」

〝クノル・テル・ペルガンだ。またしても……だが、ほかに誰がいるというのだ？〟

タルッは遮蔽された周波数で話す許可を出した。司令室のほかの者がこの会話を耳にすることがないように。

「司令官、攻撃をお勧めします」

〝そんなことを、率直に話していいかと断りもせずに言ってくるわけか？〟

「話を聞こう」とタルッは言った。

「乗組員の士気に配慮すべきと考えます。ご存じのように、この要素をおろそかにするわけにはまいりません」

〝そして、おまえが以前私にその話をしたことも、ご存じだから、というわけか？〟

「勝利は士気にいい影響を与えます」とクノルが続けた。

いつ有用な助言が得られるものか、タルッは理解していた。発言者に対する自分の評価は関係ない。戦艦の司令官として、一秒たりとも無駄にはできなかった。

「おまえの意見に同意する」そう言うと、全乗組員を対象とする周波数に切り替えた。

「攻撃に移る」


《トソマ》は赤色矮星の探知の盾を離れた。短距離遷移をおこない、敵の哨戒艇から千キロ弱の位置で通常空間に戻る。そこで方位探知に手間取った。経験豊富とは言えぬ操縦士が、メタンズの哨戒艇のような微小な標的に対し、一〇〇パーセント正確に再物質化地点を設定できなかったからだ。

クノル・テル・ペルガンは、集中してホログラムの火器管制ステーションについている。この戦艦の武力すべてを投入する準備ができたことを知るために、あの男をしげしげと見る必要はなかった。司令官は火器管制将校にちらりと目をやっただけ。それでじゅうぶんだ。

遷移のわずか数秒後、《トソマ》は戦力ではるかに劣るメタンズの哨戒艇に砲撃を浴びせた。敵の防御シールドが赤熱する——宇宙の暗黒にあがるのろしのようだ。この短い大活劇の背景で光る遠い太陽の、幾多の点よりも明るい。

超光速飛行を駆使するふたつの文明が衝突する星間戦争で、千回も繰り返されてきた、避けられぬ事態である。タルツはホロで経過を追った。敵の哨戒艇の防御シールドが膨張し、またたく間にぎらぎらと光る物体に変化して、内破した。宇宙に炎の嵐が吹き荒れる。

その炎は太陽の紅炎のように暗黒へ噴きだし、最高潮に達して永久に消え去った。灼熱が哨戒艇外被の金属表面で揺らめく。同時に船外の装置やアンテナを融かし、船体に食いついて穴をあけ、鋼鉄の臓物を引きずりだした。

〝そして爆発する。中身もろとも船が消滅し、微小な破片と真空に飛散する原子のほかには、何も残らぬ……〟

だが、その爆発が起きなかった。

その代わりに何かが起こった。ポジトロニクスが直ちに出した分析結果によれば、三パーセント以下の確率でしか起きぬことだ。メタンズの哨戒艇が加速し、爆発のエネルギー渦から脱出したのだ。

哨戒艇の裂けた外被から燃えさかる空気が噴出し、暗黒を背景に真っ赤なすじとなって輝いた。鬼火のように躍っている。

タルツは罵声を発してホログラムの一部を拡大した。詳細な表示に息を呑む。哨戒艇から放出されているのは、燃えさかる空気だけではない。船内から……何かが飛びだしていた。

四方が引きちぎられた隔壁が回転している。フラッシュオーバーの閃光を放ちながら装置が真空を舞う。低温で瞬時に氷と化す噴水に囲まれた、金属の円盤。

そして、メタンズの兵士が一人。胴は裂け、四肢を広げている。その手は何かをつかもうとしたまま、永遠に硬直していた。

「追跡せよ！」

必死で自制しながらタルツは命じた。ありがたいことに、哨戒艇のアンテナが融ける様はこの目で見た――哨戒艇のメタンズが救難信号を発信できたはずはない。それでも、ここから脱出して別の船と直接コンタクトを取るリスクは残っていた。そんなことになれば、タルツがありありと思い描いた破滅が現実のものになりかねない。

そうこうするうちに、哨戒艇は加速し、第三惑星へ、暗色の死した岩石の塊へ疾駆した。メタンズがそこに隠れようとしているのは明らかだった。山岳地帯のけわしい地形を利用して身を潜め、緊急発進から超光速飛行に移ろうというのだ。遷移エンジンが回復するまで少々時間がかかるのだろう。

敵の作戦は手に取るようにわかる——そして遺憾ながら成功の見込みはあると、タルッは認めるしかなかった。あの哨戒艇は《トソマ》より小さく機敏で、惑星の表面近くでは有利なのだ。

クノル・テル・ペルガンは再び砲火を浴びせた。エネルギーの斉射で背後から敵を追う。だが距離がありすぎ、エネルギー線はむなしく消えた。

戦艦《トソマ》も第三惑星に疾駆したが、地表との衝突を避けるべくスピードを落とすしかなかった。敵の哨戒艇は部分的に破壊されたとはいえ、質量が小さいために無謀な飛行ができる。敵はある山脈に向かっていた。いくつもの山頂が密に連なり、息を呑む峡谷や、光のない地獄をのぞくかのような、底に黒い石がある深淵があった。

追う者と追われる者の距離は、ひと呼吸ごとに広がっている。

探知将校が報告をあげた。メタンズの哨戒艇は峡谷に、ふたつの山腹にはさまれた狭い開口部に飛びこんだという。

「狭すぎて追尾は不可能！」と探知将校は続けた。この将校は今回の作戦が始まる直前にこの船へ来た。タルッのほとんど知らぬ男だったが、探知将校はこの瞬間、司令官にいい印象を残そうと考えてはいなかった。

もちろん《トソマ》で追うことはできない。そんなことをしても意味がなく、愚行でしかないだろう。

「テル・ペルガン？」とタルツは尋ねた。

「準備はできております」

質問ではない。時間を空費することもない。火器管制将校はこの状況で自分の長所を活かすことを優先し、司令官と同じく、どこに勝機があるのか理解したようだ。非常によろしい。

「やれ！」とだけタルツは命じた。

クノル・テル・ペルガンが砲火を開いた。

外部観察ホログラム上で、仮想の真っ赤な放物線が《トソマ》の砲塔と山脈のあいだに描かれた。次の瞬間に砲撃が命中し、大爆発が起こり……山頂のひとつが砕け、岩石や破片の雨と化した。土煙がわき、轟音とともに大規模な土砂崩れが深みへ落ちていった。岩石の塊が割れ、連鎖的にほかの岩も巻きぞえにする。

このすべてが、すでに大破している哨戒艇のすぐそばで起きた。それでも敵機は土砂崩れの渦に向かって飛んでいるのだ。

司令室に中継された通常光学カメラの映像は、哨戒艇が一面の土煙に消える様をかろうじて捉えていた。それ以上は何もわからない。徹底的な計測による探知データを頼るしかなさそうだ。

クノル・テル・ペルガンは、無謀な男だが安全策を取った。切り立った山頂の手前を砲撃する。再び激しい爆発が起き、岩石があらゆる方角に飛び散った。

この攻撃で山脈が割れた。亀裂が大きく口を開いて暴れ、枝分かれしながら深みに向かう。その一帯を狙って、《トソマ》に搭載された本物の爆弾の雨が落ちていく。

タルツは介入しなかった。この惑星全体がバランスを崩して砕けたところで、どうということはない。爆発の地獄が激しくなればなるほど、敵に逃げられる可能性は低くなるのだから。過剰な破壊力を行使したところで、害はないだろう。

新たな探知データが入った。最新の測定結果。

地震が山岳地帯を揺すぶっていた。爆発が、この惑星の地殻構造に影響を与えたようだ――爆発の頻度と強度を考えれば、そう驚くべきことでもない。

だが次の瞬間、タルツは自分の目が信じられなくなった。通常光学映像のホログラムで、山頂の一部が……陥没するのが見えたのだ。山岳地帯全体が数十メートルにわたって崩れ、はるかな深みへ落ちていく。

「広域の地下空洞系が崩壊しています」学術将校のメッサラ・オン・スフェノラグクが報告した。「広範囲を覆う地殻が構造を維持できなくなっています！」

規模を把握できぬほど巨大な岩石が大地の内部に消えた。現実とは思えぬほどゆっくりと、山が傾き、頂上が滑るように崩れて隣の山腹に激突した。

タルツはホログラムを凝視した。ついさっき自分は何と考えていた？　〈この惑星全体がバランスを崩して砕けたところで、どうということはない〉だと？　表面的な思考だ。理論だけをひねり回していた。本当にそんなことが起こるとは考えていなかったのだ。だが今や、ひとつの星の少なくとも広い範囲が地獄に消え去る瞬間の目撃者となった。

ただ、現実とは思えぬ幽霊じみた静けさのなかで崩壊していくように思えるのは、このほとんどをホログラムによる視覚的な中継で見ているからだ。

彼らは、安全な《トソマ》船内にいる観客にすぎなかった。まるで、闘技場のボックス席に座って、剣闘士が刃をぶつけ合う様を楽しむ原始世界の蛮人のようだ。

割れた大地の深みから、赤熱して流れる溶岩が、噴水となって光を放ち、舞いあがった。あかあかと光る稲妻のごとく、土煙のあいだから閃光を発する。破滅ののろしだ。

「崩壊部で高次元の爆発を探知しました」その報告は、別の世界から響いてくるかのようだった。「爆発の性状から、哨戒艇の破壊に起因するものとしか考えられません」

〝それはよかった〟とタルッは考えた。地獄に最後の一瞥(いちべつ)をくれる。溶岩が広がり、巨大な湖となって煮えたぎっていた。

「ラルサフⅢに帰還する」

乗組員が歓声をあげた——決定的な戦闘で勝利を収めたかのように。あるいは、戦いをぎりぎりで生き延びたかのように。タルッはその声によって、部下の絶望がいかに大きかったかを知った。自分たちに危険をもたらすはずのない哨戒艇を一機消滅させ……ひとつの惑星で途方もない規模の破壊を引き起こした。

タルッは乗組員の高揚した声を聞いた。そのとき、ある思いがくっきりと頭に浮かび、すべての音をかき消した。

〝我々は、大敗を喫したのだ〟

それでも周囲に見せつけるように歓声の輪に加わった。クノルの言うとおりだったからだ。乗組員の士気は、重要なのだ。

その直後、《トソマ》がアトランティスに向かっていたとき、陰鬱な考えに頭を支配された。これまでの経験から、メタンズは決して単独で飛行しないとわかっている。もう一機は探知できなかった――だが、もう一機がどこかにいて、逃走していたとしたら？

それならば、自分たちは終わりだ。

7

交差する道から

クレスト・ダ・ツォルトラル

《エクテム》が故郷の太陽系内で物質化したとき、いくつものことが同時に起きた。

だがクレストをいちばん驚かせたのは、自分自身の思考だった――故郷の太陽系だと？　あれはアルコンではなく、地球を照らしている太陽ではないか！　何がどうなれば、たとえ一瞬でも、あの異郷の星とその惑星を、故郷と考えたりできるのだ？　あの星とアルコンを……取り違えた？

〝おまえが過ちを犯したからさ。故郷は生まれた場所じゃなくてもいいんだしな〟付帯脳が容赦ない冷静な理論をもとに分析した。〝考えてもみろ！　なぜおまえはアルコンを去ったんだ？　クレスト〟

クレストは答えなかった。だが、このわずかな言葉にどれほど多くの真実が隠されていることか、と考えた。とはいえ、最後の鎮痛用アンプルはいつまで効くのかと心配する年老いた病人が、一瞬混乱しただけかもしれない。

　さしあたり、クレストたち三人はデマイラ・オン・タノス司令官から簡素な居室を与えられた。その部屋から出ることは禁じられていたが、今は司令室の隅の談話室に呼びだされ、丸テーブルを囲んで座っている。テーブルの天板はおそらく、磨きあげられた黒い高級な木材で、皇帝の笏（しゃく）の文様が描かれていた。

　女性司令官がテーブルの上に浮かぶホログラムを指した。一万年後でも広く知られたシンボルである。伸ばした人差し指が、中央で赤く光る拳大の球の下端に触れそうになっている。ソル。最近ではますます多くの人間が、地球の太陽をそう呼ぶようになっていた。

　デマイラは手を動かし、第三惑星の軌道上にある青と白のごく小さな球体を指した。

「これがラルサフⅢだ」と、女性司令官が言わずもがなのことを言った。地球より内側のふたつの惑星は、あまり離れていない軌道をめぐっている。このふたつは今、地球と同じく手前に見えているが、外側の巨大ガス惑星は――木星だ――三次元像の端に半分だけ映り、ゆっくりと、だが着々と表示された領域から姿を消そうとしていた。

「第三惑星を拡大しろ！」デマイラがポジトロニクスに命じた。

　指令が発せられるやいなや、青と白の球体がホログラムの中央に移り、球形ホログラムいっぱいに拡大された。まるで、想像上のカメラが宇宙空間を移動し、ラルサフⅢへ――

地球へ――疾駆したかのようだ。

青色は海洋の形をはっきりと示していた。白色は雲の塊であり、奇妙な模様を描いている。惑星の表面のところどころに、巨大な灰色の峰も顔を出していた……大きな岩に急峻な亀裂が入ったような、頂上付近を雪で覆われた山脈だ。

〝街も、工業も、テクノロジーも、飛行機もない〟とクレストは考えた。あるわけがない。一万年前なのだから。当時、この世界に存在した街はひとつだけだ。唯一の進歩したテクノロジーを備えた地域――アルコン人の植民地である。

カメラが雲を突っ切り、半球のほぼ全体が見えるようになった。氷が帽子のように広がっている。ことに北半球では、クレストが知る過去のデータよりも赤道側に大きく張りだしていた。この映像は、クレストよりもはるかにこの惑星を知っているタチアナ・ミハロヴナに、どのような印象を与えているのだろうか。彼女は海底ドームの転送機に足を踏み入れるまで、ここで暮らしてきたのだ。

やがて、カメラは海へ、大西洋へ疾駆した。波と散発的なスコールがカメラに当たる。クレストはふと、足元の床を取り去られたかのようななめまいを感じた。自分自身が海へ落ちていくような気がしたのだ。のちに――一万年後に――サハラ砂漠として知ることになる地域が見えた。今この瞬間、その場所には植物がうっそうと茂っている。そして原始的な方法でつくられた建物や、集落全体さえ目に入ったような気がした。

海に大陸が現れた。広々とした手つかずの自然。真円に近い巨大な島だ。その形は完璧すぎて、時間とともにできたようには見えない。タチアナがうめいた。

「そんな……」

彼女が口をつぐんで、クレストは心から安堵した。タチアナがどう感じているのか、じゅうぶんに想像がつく。この巨大な島がこのような位置にあるはずはない。この大陸全体が、現在の地球にはもはや存在しないのだから。

〝あの海底ドームは〟と老アルコン人は考えた。〝我が種族がかつて建設した植民地の、わずかななごりなのだ。その一部や研究ステーションが残っているなど、誰が考えただろうか〟

デマイラ・オン・タノスがタチアナを見た。

「どうした？」

「何でもありません。私は……」

ロシア人女性は口ごもった。

〝おかしいと思わせてはなりません！〟クレストは集中して考えた。タチアナが自分の思考を読むように願いながら。あるいは、じゅうぶんに……思考の音量を上げれば、伝わるのではないかと思いながら。〝あなたは一度もここに来たことがないのです、タチアナ！この惑星はあなたにとって何の意味もない。見知らぬ場所なのですよ！〟

「これがアトランティス大陸だ」と、《エクテム》の女性司令官は説明した。「ここにラルサフⅢのアルコン人居住地がある。驚いたようだな」

その声には疑念が込もっていた。危険なものになりかねない何かが。

「植民地というのは、もう少し大きいものだと思っていたのです」タチアナが押し殺した声で言った。この驚きは、いやむしろこの驚愕は、ゆっくりとしか振り払うことができない、というように。その場しのぎの嘘としては及第点だ。女性司令官がこれで納得するように、クレストは願った。

デマイラはさげすむような笑みを浮かべた。

「そうかもしれんな」気を悪くしたような口調だ。

「私の同僚は断じて、あなたの任務の重要性を疑っているのではありません」クレストは強く言った。「これは……」

「もうたくさんだ！」デマイラ・オン・タノスが大声を出した。「悪いがこれ以上のことはしてやれない。私は望んでここへ来たわけではないのだしな」

「これでじゅうぶんですとも！　もう一度、命を救ってくださり、ありがとうございました、司令官。あなたには大きな恩を感じております。アルコンもあなたに感謝することでしょう。このきわめて重要な軍事研究プロジェクトは、我々が……」

「もうよい」とデマイラはさえぎった。「その話はやめだ」

《エクテム》が、アトランティスに着陸したのである。

タルツ・デ・テロマー

湖上の空気は新鮮だった。《トソマ》船内よりどれほどましかわからない。虫が羽音を立てて水の上を飛びまわっている。光る羽を持つ、指ほどの大きさの生物を見ていた。これは、アルコンの似た生物にちなんでポスタンと呼ばれている。水草の上方で文字どおりに踊っていたが、突然タルツに向かってきた。ブンブンと音が聞こえ、わずかな風圧さえ感じた。

湖の向こうには、目を引く建物がひとつ建っているだけだ。アトランタワー。金属とガラスからなる巨大な塔で、先端に光を反射させるピラミッドが鎮座している。タワーの影は湖面の半分を覆っていた。タルツは今、日向(ひなた)に立ち、太陽の暖かさを味わっている。

ほかのアルコン人の声はほとんど聞こえなかった。ときおり、レクリエーション地区のプラットフォームから歓声が響くだけだ。タルツはよく考えてじゅうぶんに離れた場所を選んだ。すべてが平穏そのものに見える。

だが、この平和は見せかけだけだ。《トソマ》の司令官はひしひしと感じていた。不穏な気配が漂っている。タルツは軍人としての長い経験から、危険を察知する、ある種の補足的な感覚を身につけていた。だが、ごくわずかな猜疑心も彼のなかで頭をもたげていた。遠くかすかに感じる脅威など、妄想にすぎないのではないか——あるいは、こんなものは第六感と呼ぶべきものではなく、年寄りの世迷い言ではないのか。そのような疑念も浮かんでいたのだ。もしかしたら、自分の余命がいくばくもないと感じているだけかもしれぬ。アトランティスの命運ではなく……。

　タルツは疑念を頭から追い払った。いや、これは老いぼれの妄想ではない。これは数百の戦闘で培ってきた、武勲を重ねた軍人の本能だ。タルツ・デ・テロマーはかなり前から不穏な気配を感じていたが、メタンズの哨戒艇の件は一線を越えるものだった。

　敵はすぐそばに潜んでいる。今この瞬間にも悲運がふりかかる恐れがあった。メタンズはアトランを探しているのかもしれない。皇帝の息子であり、生存しているきわめて重要なアルコン人の一人なのだから。その死は大帝国に衝撃を与えるだろう。捕虜にすれば有効な脅迫材料となる。どんな脅迫かは、想像するしかなかったが。

　目を閉じると、ラルサフⅢが、そしてアトランティスが破滅する様がありありと見えた。もはや我が種族の植民地に未来はない。

　だからこそ《トソマ》で戻ってきた。アトランと二人だけで話すために。街全体を避難させなければならぬ！　整然とした撤退を、できるかぎり。

アトランはタルッのことを昔からよく知っている。したがってその言葉を信じ、妄想と片づけたりはしないだろう。そうであるように願っていた。アトラン自身も、以前から不穏な気配に気づいていたのではないだろうか。アルコンの皇位継承者が誕生して以来、タルッは伊達にその側近として仕えてきたわけではない。アトランは——口に出さぬように気をつけてはいたものの——父である皇帝よりも、タルッのほうからより多くを学んできたはずだ。

タルッ・デ・テロマーは、《トソマ》船内で細部にいたるまで考えていた。アトランと内々に話をし……必要とあらば司令官を辞する、つまりアトランティスがもっとも有能な艦隊指揮官を失うことになると脅しをかけてでも……タルッだけが皇帝の息子に発することを許されている言葉を……。

だが、ラルサフIIIに着くやいなや、計画はすべて無に帰した。そして今、タルッはここに、湖畔に、タワーの影ぎりぎりに立ち、考えこんでいた。

アトランは、この植民地にいない。

小型搭載艇で宇宙空港に着陸したときに聞かされたのは、それだけだった。「司令官はアトランティスを発ち、どこともつかぬ目的地に向かわれました」というのだ。タルッがしつこく尋ねてようやく、何者かがアトランの望みを受け入れ、会うことになったのだ、という話を聞きだすことができた。

タルッはここを待ち合わせ場所に指定して、相手が来るのを待っていた。そして、いくら尋ねても、誰ひとりとして、その謎めいた何者かの名前を口にしないのは、自分の知性に対する侮辱と受け止めるべきなのだろうか、と思考をめぐらしていた。これ以上の屈辱はごめんだ。となれば、あの男にきくしかない――執政官フェルティフ・デ・ケムロル、ラルサフⅢに直接命令を下す権限を持つ者。あの男を上まわる権限を有しているのは、その出自ゆえにアトランのみである。

湖畔の日向のほうから足音が近づいてきた。タルッが振り返る。

「おまえは……」と口を開いてから、目の前にいるのが期待していたフェルティフではなく、その副官のコソル・テル・ニーダルだと気がついた。

〝驚いたな、まったく取るに足らぬとは言えぬ管理職に、第三階級の者を送りこむとは〟

タルッは腹が立った。アトランティスに迫った陰鬱な運命を回避しようとする彼の計画にとり、いい前提条件ではないからだ。

コソルはほぼ形だけの挨拶をした。慣例上許される最低限の礼儀を表している。この男は背が高く肩幅も広い。奇妙なほど明るい赤金の目は、常に光を放っているかのようだ。特殊なコンタクトレンズかジェルを使っているのだろう。そんなことをする利点は、この目を見れば二度と忘れられないということくらいだ。

「悪く思わないでほしいのだが」とタルッは言った。「執政官が来るものとばかり思っていた」

「フェルティフ・デ・ケムロルは……体調がよくないのです」

タルツには、それが何を意味するのか思い当たる節があった。

「またアトランティスの外に行ったのか？」

「そのとおりです。しかし我らが司令官、アトラン殿下と一緒ではありません。司令官は目下、この星系に滞在しておられませんので」

目の前の水面が動いた。灰色の土のような、拳大の動物が湿地の草から飛びだし、体の半分を水に浸けた。喉の袋をふくらませ、ゲロゲロと音を立てている。地元住民が「カエル」と呼ぶ生物だ。タルツはついでのように思い出した。以前夕食をともにしたときに、フェルティフがそのような話をしていた。あの席には、このような動物の脚が調理されて供された。

あれは、美味かった。

「つまり、フェルティフ・デ・ケムロルは、またしてもこの惑星をうろついているわけか？」とタルツは尋ねた。「蛮人のもとにいるのか？」

「そのとおりです」コソル・テル・ニーダルは首をそらし、湖の向こうにあるタワーの頂上を見た。腰まで届く白銀の髪を一本の三つ編みにし、片方の肩の前に垂らしている。

「司令官アトラン殿下じきじきの承諾のもとに」

その事実を喜んではいない口調だった。

その点についてはタルツも同じように考えていた。アトランと話す際、この件も取りあげなければ。だが今はもっと重要なことがあった。アトランが姿を消した背景をもっと聞きださなければならぬ。あるいは、それがどのような名称であるにせよ、アトランが出発した目的を。

「よく聞け。アトランに何があったのか、私は知らなければならない。あの……転送機を通っていったのか？」

タルツは相手の反応を子細に観察した。

コソルは驚いた顔をしなかった。タルツが何の話をしているのか、理解したようだ。

「それにつきましては、あなたにとって安堵になるのか落胆になるのかわかりませんが、違うと申し上げることはできます」

〝なぜそれほど回りくどい言い方をする？〟とタルツは胸のなかで尋ねた。

「おまえは転送機を見たことがあるのか？」

「ケルロンが近傍の星系で偵察飛行をして、あれを持ち帰ってきてからというもの、司令官があの装置に魅了されていたことは存じております」

コソルはまたしてもまわりくどい言い方をした。正確な事情を知らぬことを隠そうとしているだけだろう。近傍の星系。これは、「どこか」を漠然と不明瞭に表現する言葉だ。

タルツはうんざりして手を振った。アトランには育ての親として、あの途方もなく異様なテクノロジーを信用しないよう、強く警告しておいた。転送機を通った者に何が起こるのか、誰も知らぬのだから。

「司令官は」とコソルは続けた。「その代わりに《トソマⅨ》でアトランティスを発たれました」

タルツは一瞬目を閉じた。

「出発前に修理は完了していたのか？」

もちろんタルツは、自分の戦艦の搭載艇のことは把握していた。《トソマⅨ》は状態が悪く、ラルサフⅢに残しておいたのだ。

「それについては存じておりません」コソルはがっかりさせてくれる返答をした。「ただ、《トソマⅨ》は飛行可能で、出撃できる状態ではありました。それは間違いありません」

「アトランに同行したのは誰だ？　なぜこの星系を離れることになった？」

「一人で行かれました」コソル・テル・ニーダルは身を守るように片手を上げた。「あなたが何かを言われる前に――司令官が一人で行くとおっしゃったのです。そしてご存じのように、司令官にはその命令を下す権限がありました。司令官がそう決定した以上、私も、ほかの誰も、やめさせることはできませんでした」

有意義な助言であれば、アトランはたいていい耳を貸すものだ、という言葉が舌の先まで出かかったが……黙っていた。コソルの話の腰を折りたくなかったからだ。カエルがまたゲロゲロと鳴いた。

「司令官は、目的地を誰にもお伝えになりませんでした。ただ、行かなければならないと強くおっしゃっただけです。メタンズとの戦争を終わらせるチャンスだと考えておられました」

「交渉をするつもりなのか？」

タルツは信じられぬ思いで口をはさんだ。アトランは明晰で冷静な思考の持ち主だ、それはわかっている――あいまいな幻想に身をゆだねる夢想家ではない。とはいえ、長期間にわたる戦闘のあとで交渉に応じる敵もいるかもしれないが、メタンズは断じてそのような種族ではないのだ。

コソルが否定して、タルツは安堵した。

「そのようなことをお考えだったとは思えません。それから、明日には戻ると強く言っておられました」

何もかもがタルツには気に入らなかった。

とんでもない話だ。

「失礼します」と突然言って、コソルが湖の向こうに、虚空に目をやった。

そこではじめて、タルツは話し相手の外耳に装着された小さな受信機に気がついた。報告に耳を傾けているのだろう。悪い知らせが今にも届こうとしているのか？

レクリエーション用プラットフォームから大きな悲鳴が聞こえた。急に、自分が考えていた避難はもう手遅れになった、という気がした。メタンズがすでにここへ向かっていたら？　ちょうど今、プラットフォームの集合体である巨大な人工のツルが地面から浮きあがっているところだ。だが、あのプラットフォームが敵の砲撃を受けて炎に消えゆく様が、タルッの心眼には胸苦しいほどはっきりと見えていた。銀線細工のように繊細な土台が爆発で引き裂かれる様が。そして、数十人のアルコン人が悲鳴をあげながら何メートルも転落していく様が。

だが、もちろんそんなことは起きていない。現実には、あの悲鳴は喜びに浮かれた声だ。そのうえ、メタンズ到来の連絡を最初に受けるのがコソルのはずはない。《トソマ》はラルサフIIIの周回軌道にいる。何かあれば、戦艦の司令官であるタルッに即刻報告が入るはずだ。

「いいニュースです、タルッ」コソル・テル・ニーダルの声に、タルッは我に返った。

「ようやく、長らく待っていた補給物資と交換部品が手に入ります」

「船団が到着したのか？　なぜこれほど遅れた？」

タルッは、この知らせをコソルのように楽観的には受け止められなかった。

「それについてはまだ何も申し上げられません。船団の司令官に直接お尋ねください」

「船団の司令官は誰だ？」

「デマイラ・オン・タノスです」

タルツは背を向けた。

「それでは、彼女と話してみよう」

デマイラ・オン・タノス

つまり、これがアトランティスか。皇帝の息子がじきじきに率いる植民地。たしかに、常軌を逸した建築が並ぶ壮麗な街で、それは否定のしようがない。それでも不思議でならなかった。皇帝の栄光のいったい何が、これほど辺鄙な場所に植民地を建設するだけでなく、皇帝自身の息子をその司令官にすえるよう、仕向けたのだろうか。

だがデマイラは、気をまぎらわすためだけにこのようなことを考えているのかもしれない。彼女は今、中央通路のオートウォークにいて、戦艦の中間殻部を通り抜け、大格納庫へ急いでいた。《エクテム》と、それに従う船団の司令官という立場が嫌で仕方がなかった。

〝しっかりしろ！〟

デマイラは付帯脳の鋭い叱責を無視した。素早く踏みだす足と、深く安定した呼吸に集中する。こんな月並みな文句を聞くために、脳の論理セクター活性化の試練をクリアしたわけではない。

〝それじゃあこれで、あの救難信号に応じ、目的地への到着をさらに遅らせたのが、本当に賢明な行為だったのかどうか、はっきりするわけだな〟と付帯脳が言った。

〝あああするだけの価値はあった〟とデマイラが応じる。デマイラは確信していた。たとえそれが、ガチガチの規則に従うのではなく、自分自身で決定を下すことによって、生きていると実感するためだけだったとしても。

〝ひどい状態の老アルコン人が一人、ヒューマノイドの女が一人、トカゲ種族が一人、そのためにか？　あんなよれよれの三人のために？　あいつらの話は、論理的に満足のいくものじゃなかったがな〟

デマイラはときおり、自分自身と議論をするのはもうたくさんだと思うことがある。とくにこのような状況では、付帯脳は彼女の疑念を反映し、強めるだけなのだから。論理セクターは否定的な面ばかりを強調する。自分の取るに足らぬ思考をすべて付帯脳に集め、封印してやろうかと思う瞬間もあった。ある意味で、これは彼女の陰鬱な面の写し絵なのだ。

〝お笑いぐさな理屈だな。アルコン人の付帯脳に関して、一般に認められている研究成果とは、矛盾してるんじゃないか〟

〝その、一般に認められている研究成果とやらを、誰が牛耳っているのか、知れたものではないな〟

〝何が言いたい？〟

〝学問とは、客観的な事実に光を当てるものだと思っているのか？　あるいは、常に新たな知見をふるいにかけ、解釈しなおすものだと？　だがそれをやるのは学術に携わる者だろう？　活性化された付帯脳を持つアルコン人だな、普通は？〟

〝馬鹿げた話だ〟

〝おまえが正しいのかもしれんな〟

これが、彼女の思考のなかで繰り広げられるごく普通の会話だった。自分の理屈を確認しているにすぎない。それがどれほど常軌を逸していようと、支離滅裂だろうと、かまわなかった。

デマイラは思考を重要なことに集中させた。来客だと連絡があったのだ。タルツ・デ・テロマーが《エクテム》に向かっている。タルツが乗る搭載艇は、今この瞬間にも格納庫に収容されていることだろう。もちろんあの司令官の噂は聞いたことがある――皇帝が自分の息子を託した男を知らぬ者がいるだろうか。宮廷に出入りし、アトランがよちよち歩きの頃からすべてを教え、大帝国の誰よりも強い影響力を持つ人物なのだ。

タルッは名声をほしいままにしていた。社交界に流れる権力者の噂話や、陰謀に巻きこまれぬわざを心得ている。デマイラにとっては、博識で賢明な男の写し絵だった。生き抜くための策略を身につけている。何よりそれは、幾多の戦闘のなかで培われたのだ。

〝それなら、付帯脳の本質と利点についてその男と話すがいいさ〞

論理セクターに返事はしなかったが、そんな暇はないだろうとデマイラは考えた。救助について、キャリアに傷をつけずに正当化できればよしとしよう。タルッのことは心から尊敬している。敵に回すのが得策だとは思えなかった。

「命の行方は、理屈だけで決められるものではありません」

その後格納庫で、上官への礼儀にのっとった挨拶をし、敬意を表してから、デマイラは言った。彼女と同じく、タルッ・デ・テロマーは部下を連れていなかった。タルッは驚くほど老けていた。これまで目にしたどんなホロの映像よりも生気がない。

「だからこそ……命なのだろう」とタルッは応じた。「常に思わぬ変化を内包している。だが、何が言いたい?」鋭い口調だった。若いとは言えぬ外見だが、背筋はまっすぐに伸びている。動きのひとつひとつに無駄がなく、力強かった。「前置きはやめて肝心な話をしたまえ。船団を無傷で目的地まで連れてきたことについては、喜んでいるし、おめでとうと言わせてもらおう。だがずいぶん遅れたな」

デマイラは、客と――上官と――格納庫を横切りながら、落ち着きはらって言った。

「技術的なトラブルが発生しました。また、破壊された船の乗組員をメタンズの手から救出しています」

タルッは黙った。だがデマイラはしっかりと見ていた。瞳孔（どうこう）が広がり、興奮の涙で眼球が濡れて光る。

「おまえは――何をしただと？」

「待機中に、つまり遷移エンジンの回復を待つあいだに、救難信号を受信しました」

タルッ・デ・テロマーは立ち止まった。

「そして船団の司令官として、救難信号の発信元にこだわる以外のことは思いつかなかった、というわけか？」

〝そのとおりです〟

まず最初にこの言葉が頭に浮かんだが、口には出さなかった。今は厳密に検討してから返答しなければならない。あまりにも多くのことがかかっている。もしかしたら、アルコン軍における彼女の未来が。

「状況を分析し、結論を出しました。あの場合……」

「そのような場合については、きわめて明確な指針がある」

タルッの声は、先（さき）と変わらず危険なほど低かった。デマイラは相手のなかで煮えたぎる怒りを感じた。

「あの時点で、あの宇宙空間では……」

「あの指針は知っているのだろう、オン・タノス司令官？」

「もちろんです。それでも指針とは別の決定を下しました」

タルッは平手を差しだした。〝黙れ！〟

「それでは肝心な話をさせてもらおう。おまえは破壊された船のわずかな生存者のために、数万の命を危険にさらした。おまえの任務は、この植民地へ補給物資を輸送することだった」

デマイラは周囲に目をやった。作業員や技術者は格納庫の反対側の搭載艇に集中している。姿が見え、声が聞こえる範囲には、ほかに誰もいない。よかった。今の話を聞いていた者はいないだろう。タルッは立ち止まったままだ。この件がすっかり片づくまでは動かぬとでもいうように。彼女にとっていい結末になるとは思えなかった。

何を言えばいい？　言い訳か？　だめだ。正当化？　それもだめだろう。この窮地を脱したければ、別の方策を考えなければ。

〝理解だ〟と付帯脳が声を発した。〝なぜおまえがあんな行動を取ったのか、理解してもらえるように話をもっていくのさ。許すかどうかは別として、おまえと同じように考えた場面は、あの男にも間違いなくあったはずだ〟

〝だが、あんなことを一度も考えたことがなかったら？　そんな考えは異端で理解できぬと一蹴されたら？〟

　この心の会話は、ほぼ時間のロスなく進行した。これは活性化された付帯脳の利点のひとつだ。常に、ほかの者と話しているときでさえも、目立たぬように議論し、助言を受け取れる相手がいる。同時にふたつのことに集中するには、当然ながら多少の訓練が必要だった。軍事教育中、女性候補生同士でもっともらしく言いあったものだ。この能力は女性なら生まれつき持っているが、男性は決して身につけられないと。

「司令官」とタルツ・デ・テロマーが言った。「ひとつだけ教えてくれたまえ。何人救出した？」

「三人です」

　いい答えではなかったが、ほかに返事のしようがなかった。タルツが簡単に検証できる真実を口にすべきだろう。こんな言葉よりましだ。〈いと高き数百のアルコン人、皇帝がおわすは彼らのなか〉

「三人だと？」タルツが激しくきき返した。「少なくともアルコン人の話をしているのだろうな？」

「アルコン人は一人です。二人は……」

「もうよい！　その生存者のところへ案内しろ。すぐだ！」

「彼らは……」

「これ以上何も言うな！　ひと言たりとも！　彼らに会ってみたい。それでおまえは、オン・タノス司令官、その三人を拘禁し、厳重な見張りをつけているのだろうな。その者たちがメタンズの諜報員である可能性は考えなかったのか？」

「私は……」

タルツの手がさっと彼女の顔に伸びた。一瞬、デマイラは殴られると思った。だが伸ばされた人差し指は、彼女の唇の数ミリ前で止まった。

「ひと言たりともと言ったのだが、何が理解できないのかね？　ここがおまえの船かどうかなど、どうでもいいのだよ、司令官！　私の階級はおまえより上だ。その気になれば命令ひとつでおまえを叩きつぶせる。そんなことはさせないでくれたまえ。そして今、乗組員全員の前ではなく、二人だけで話していることに感謝するのだな。さてそれでは……生存者のもとに案内せよ！」

デマイラは侮辱を受け流した。冷静沈着に、上官をこれ以上刺激しないように気をつけた。ただ、今は自分たち二人のうちどちらのほうが強い怒りを感じているのだろうか、そしてなぜタルツはこれほどまでに機嫌が悪いのだろうか、と考えていた。

黙ったまま、仕草で案内するとタルツに示し、クレスト・ダ・ツォルトラルという名のアルコン人と二人の同行者に与えた居室へ向かった。そこにわずかな見張りしか置かなかった自分に腹が立った。だが、残念ながらもう変更はきかない。

アトランティスに降りて最初の数分は、うまくいったとは言えなかった。とはいえ、彼女にはまだ切り札がある——皇帝から直接任された秘密任務だ。

クレスト・ダ・ツォルトラル

じりじりするほどゆっくりと時間が過ぎていった。アトランティスに到着したものの、クレストとタチアナ・ミハロヴナとトルケル＝ホンは居室にいるしかなかった。女性司令官は、できるだけ早く連絡すると伝えてきている。

「この数分で私たちの運命が決まるのですわ」とタチアナが言った。「そうですよね？そのあいだは、なすすべもなくここに座っているしかないのでしょう」

クレストが薄い唇で微笑んだ。

「ほぼ、そのとおりですね」

「ほぼ？」

「あなたは座っていません。歩きまわっていますよ」

タチアナは立ち止まった。入口ドアの反対側にある壁の前で。本当に、彼女はぐるぐるう。

と部屋を回りつづけていた。緊張と苛立ちのはけ口を、わずかなりとも求めていたのだろ

「それはご冗談ですか？」

老アルコン人がどう返答したものか考えこんだその瞬間、トルケル＝ホンが思わぬ助け船を出した。トプシダーは犬が吠えるかのように、聞いたこともないほどの大声で爆笑したのだ。タチアナは面食らってトルケル＝ホンを見た。トカゲの小さな目が顔の鱗に埋もれかけている。鼻づらがリズミカルに小刻みに動き、赤い舌がちらりと出たり入ったりした。間もなくロシア人女性も一緒に笑いだし、クレストまでも一瞬のあいだ、悩みをすっかり忘れてしまった。

ドアが開き、すぐに静寂が戻る。

「おまえたちに会いたがっている人がいる」と、デマイラ・オン・タノスが言った。そのまなざしには困惑がはっきりと表れている――さらに、かろうじて押し殺している怒り。

女性司令官は促されもしないのに入ってきた。このような特権は、彼女の船だから許されるものだ。そこに背の高いアルコン人が続いた。クレストより高齢だ。医学的な活性化処置を受けなければ活動的に動きまわることはできない年齢だろう。クレストの付帯脳がその印象を肯定した。もしかしたらこれは、この男との話を引き延ばすうえで有用な情報かもしれない。この男が何者であるにせよ、《エクテム》の女性司令官に命令を下せる立

場にあるようだ。植民地の司令官……不死者だろうか？　この男の活性化法は、アルコン人あるいはそれに近い種族が施せる医療をはるかに凌駕しているのか？　そう考えてクレストはぎょっとした。思った以上にゴールのそばに来ているのではないだろうか？

「私がタルツ・デ・テロマーだ」と男が言った。あらゆる者が自分を知っていて当然だと言わんばかりの口調だ。

クレストはためらった。この男は誰よりも有名だったのかもしれない……だが一万年も昔の、皇帝の名前ぐらいしか伝わっていない時代の話だ。タチアナはこの男の思考を読んでいるはず。女性テレパスに目をやると、目立たぬようにうなずき返してきた。

「オン・タノス司令官が、緊急事態に陥ったおまえたち三人を救出した」とタルツは続けた。「おまえたちのことを話せ。そして真実だけを言うのだ、アルコン人」と、ほかの二人には目もくれずに言った。

クレストは、デマイラ・オン・タノスに語った内容を繰り返した。重要な軍事研究、メタンズの襲撃、それに次ぐ逃走。逃げられたのはこの三人だけだったこと。

「おまえの話はひと言も信じられん」タルツ・デ・テロマーは強硬な態度で応じた。「おまえたちの……話には、証拠がない」

「司令官がすでに、アルコンまでハイパー通信を……」

「返事が来るまで数日は待たされると、私と同じくおまえもよくわかっているのだろう。

あまりにも多くのことがかかっている。船団が物資を降ろし、出発する準備ができしだい、おまえたちも一緒にアトランティスを離れるのだ」

ひと言ひと言がクレストの胸に刺さるかのようだった。そのようなわけにはいかない。思いがけなく不死のすぐそばまで来ていた――少なくとも不死者のそばに、過去の世界にいた植民地の司令官のすぐ近くに。その男は、永遠の命の世界について多くを知り、それが単なる伝説ではないと証明できる者なのだ。

「あなたがアトランティスの司令官なのですか？」とクレストは尋ねた。

タルツ・デ・テロマーは身を屈めた。上唇が小刻みに震えている。左側の歯が数本むきだしになった。

「違う」タルツはかろうじて自制を保っていた。「つまり、本気で私を知らぬと言い張るのだな？　アトランがじきじきにこの植民地を率いていることも知らぬと？　それではひとつ教えてやろう。私には決定を下す権限がある。この件でアトランティスの司令官の手をわずらわせるつもりはない」

クレストは両手の指先を合わせた。

「あなた様の権能を疑ってはおりません。それでもアトラン司令官と話をさせていただけるように、お願いするしかないのです」

いきなりタルツ・デ・テロマーの手がクレストの肩に伸び、指先が突き立てられた。上衣の布がぴんと張り、タルツの爪が痛いほど肩の骨を圧迫する。

「本来ならば死ぬべきだった素性も知れぬ数人の役立たずのために、皇帝の息子に無駄な時間を使わせるわけにはいかぬのだ！　私は明瞭に話していると思うが、どうだ？」

〝皇帝の息子〟

ならば、ここにいるのは最上流階級の者だ。ラルサフⅢの、地球の植民地の指揮をさせるために、皇帝がじきじきに自分の息子をここへ遣わしたというのか？　クレストは重大な秘密の気配を感じた。そして、本当に正しい手がかりを追っているという確信を深めた。

地球……はるかな過去の時代のアルコン人居住地……何千年ももちこたえた海底ドーム……不死者のDNAの痕跡……転送機……この時点からいつともつかぬ未来に、アルコン人がメタンズに対して収めた、思いがけない説明のつかぬ勝利……皇帝とその息子……このすべてがつながっている。

クレストは、真の背景を理解する直前まで、アルコンの宮廷そのものに端を発する権力闘争を垣間見る一歩手前まで来ていた。だが同時に、さまざまな出来事が交差する場所をすぐに去らねばならぬ瀬戸際に追いこまれてもいた。クレストは両手を縛られた状態で、タルツ・デ・テロマーが捕虜を――この男にとって三人のタイムトラベラーは捕虜にほかならなかった――追放すると決定を下せば、それを阻止する方策はないのだった。

それとも、あるのか？

クレストはタルッの気を引ける何かを……示唆したほうがいいのだろうか。示唆すべきなのか？　永遠の命の世界について話す？　すべてを支配しているこの戦争が、はるかな過去となった未来について？

別の考えが浮かんだ。ところがそこに、何の断りもなくタチアナ・ミハロヴナが口をはさんだ。

「タルッ・デ・テロマー、私たちはあなたとお話ししなければなりません。ほかの誰も聞いていないところで」そう言ってタルッから目をそらし、《エクテム》の女性司令官を見た。

そこでようやくタルッはクレストの肩から手を離した。

「そうか？　話さねばならんのか？　私がその頼みを叶えてやるべき理由とは、何だ？」

タチアナは意味深長にデマイラ・オン・タノスを指した。

「あなたの前で話すわけにはいかないのです」

《エクテム》の司令官は身を硬くした。

「何をそのような……」

デマイラは黙った。タルッ・デ・テロマーが勢いよく振り返ると、腕をあげて手を伸ばし、彼女を指したからだ。

「どのような芝居にも関わるつもりはない！　この件はすでに決定済みだ！　わかった

か？　これ以上、おまえがただのひと言でも言おうものなら……」と言ってタチアナを指す。「……おまえを射殺させるからな」

〝黙るのです、タチアナ！〟クレストは必死で考えた。〝この男は本気ですよ！〟

だがロシア人女性は沈黙せず、自らを死の運命に引き渡した。

「ロンヤノⅣ」と、タチアナは言った。

タルツ・デ・テロマーは凍りついた。

「出ていけ！」と鋭く命じた。「全員だ！」

「し……司令官？」デマイラ・オン・タノスが混乱して尋ねた。

「おまえがこの居室を出ていくのだ！　捕虜どもも連れていけ！　だがこの女は別だ！

すぐだ！」

デマイラ・オン・タノスは命令に従い、トルケル＝ホンも続いた。クレストも出ていく。

老アルコン人が最後に目にしたのは、タチアナの唇に浮かぶかすかな笑みだった。

「もうひとつある！」タルツ・デ・テロマーの声が追ってきた。「この部屋の話を盗聴するようなことがあれば、司令官、調べだしておまえを追放してやるからな。わかったか？」

8

奇跡の国で

フェルティフ・デ・ケムロル

フェルティフは、自分の個人認証コードを発信した。これで自動防衛装置は直ちに切れ――逆の機能を果たす。ロボット装置は、アトランティスに向かう舟を別の方角へ押し流すのをやめ、牽引光線で街の岸辺へ引き寄せるのだ。

これで決まりだ。後には引けなくなった。フェルティフは理性的思考をすべて放棄し、この惑星の人間を植民地に入れた。街周辺の建物まで、あと数百メートルしかない。

フェルティフはディーラとともに星々の小舟を離れた。ディーラの弟エグモガストがそれに続く。さらにマロカーとハルフォントも舟を降りた。五人で街外れの船着き場の葦のなかに立つ。フェルティフは、自分たちの到着が誰にも見られていないように願った。

「おまえたちはこの居住地に逃げこもうとした」フェルティフは四人の人間に言った。

「私はその願いを拒むことができなかった。だが、今伝えておくべき制約があるのだ。私はこのアトランティスという名の街の住人だ。おまえたちは私を神だと思っているようだが、それは勘違いだ。私はおまえたちを……」

「だめだ」フェルティフのいちばん近くにいたハルフォントがさえぎった。「おまえはもう何もするな、異郷者よ。海で命を救ってくれたことには感謝している。だがここで俺たちの道は分かれるんだ。おまえとこの街は、おまえたちが背負っているものは、俺たちが……」

ハルフォントは言葉につまった。ふさわしい言葉を探しているようだ。

エグモガストが、回りにくい舌を持つディーラの弟が、いくつか音声を発した。フェルティフには、切れ切れの音節の意味が理解できなかった。ほかの者たちもわからなかったようだが、ディーラだけはかすかに首を振った。

「あなたの言うとおりよ、エグモガスト。あなたたちの理解を超えているというのは本当なんでしょうね。でも絶対にそれだけじゃない。あなたたちは怖いのよ、この人が異郷の人だから！　でもこの人とこの街は……ここのどこかに、私たちの未来がある！　ここなら、私たちの部族の人があんなに沢山死んだ戦争から離れていられるのよ」

「おまえにとってはそうかもしれないな、予知者だから。だが俺たちにとってはそうじゃない」ハルフォントがわざとらしく一歩下がった。エグモガストとマロカーのあいだに立つ。「俺たちはあの街に入るつもりはない」

「ただ怖いっていうだけで？　恐怖に運命を決めさせるの？」

エグモガストがまた何かを言った。さっきよりも長い言葉だ。またしてもフェルティフにはひと言もわからなかった。だが、ディーラはその言葉を聞いて弟に背を向けた。

「ごめんなさい」

彼女は街のほうに目をやった。アトランタワーがすべてをしのいでそびえ立っている。ここから見るとあのタワーは、奇妙に急な角度でそそり立つ、目を疑うほど細い滑らかな山のようだ。人間には不気味に感じられるはずだったが、ディーラは怖がっていなかった。

「どうするつもりだ？」とフェルティフが尋ねた。

「俺たちにかまうな！」とハルフォントが言った。「俺たちはおまえの街を離れる。運があれば、敵や、あの戦争からずっと離れたところまで行けるだろう。俺たちの人生はこの瞬間から新しく始まるんだ。その人生がどこに続くのか、これからわかるだろうさ」

フェルティフはうなずいた。この世界の人間からうつった仕草だ。

「ディーラ、本当に彼らと一緒に行かなくていいのか？　私に義理立てすることはない」

だが、彼女が自分のもとを去ると思うと胸が痛んだ。「おまえの弟と友人たちは、おまえの命なのだろう」

「あなたは間違ってる」ディーラは穏やかな声で言った。「この人たちは私の命だったの。

聞いていなかった？　この人たちが自分たちで決めたのよ、新しい人生を始めるって。でも私は私の人生を生き続けて、それがどこに続くのか見てみたい」一瞬ためらってから言葉を継いだ。「あなたのそばで」

ディーラは、三人の男たちが木々のあいだに消えた場所をいつまでも見つめていた。フェルティフは発信機を使い、自動操縦のグライダーを呼び寄せた。ディーラと一緒に乗りこむ。驚いたことに、彼女はほとんど気後れを見せなかった。はじめてこのようなテクノロジーの産物に触れるわけではないかのように。

「私が決めたの」フェルティフが重ねて尋ねると、彼女はこう答えただけだった。「あなたについていきたい……そしてあなたの素晴らしい街を見たい。あの街に行きたくて、私は星々の小舟で出発したの。そのためには、いくつかのことをあるがままに受け入れなくては」

「あれは私の街ではない」とフェルティフは応じた。

「でも、あそこで暮らしているのでしょう」

フェルティフはふと目を閉じた。なぜ黙っている？　なぜもっと話してやらない？　いずれにせよ、最後の一線はとうに越えているのだ。

「私は植民地の執政官だ」とフェルティフは言った。「ある意味で……代表者だ。だが、私よりはるかに強い権力を持つ人物が一人いる」

「神官？」とディーラが尋ねた。「それとも最上級の戦士？」

「戦士、か」と、フェルティフは考えこみながら彼女の言葉を繰り返した。

「私たちと同じように戦争をしているけれど、あなたたちのはもっとひどい、そう言っていたでしょう。だから、あなたのところにも戦士はいるはず」

「軍人は重要な役割を果たしている。そのとおりだ。だが我々を率いているのは……」フェルティフは口ごもった。どう説明すればいい？　大帝国の社会構造は長い歴史を経て複雑になっている。司令官として、また、百万の目を持つ皇帝の、いや皇帝の栄光の息子として、アトランがどれほど重要なのか、わずかな言葉で語ることはできなかった。

「その人の名前は？」とディーラが尋ねた。

「その名は、アトランという。さらにはるかに強い権力を持つ人物の息子だ。その人物は、ここことは違う星の光のもとにある帝国で生まれた」フェルティフは空を指した。「私の故郷で」

「私には、あなたの言うことがわからないかもしれない、そう心配しているのでしょう」ディーラが言い切った。賢い女性だ。それは間違いない。「でも私は、二年前からそのことを考えてきたの。あなたが星々から来たと聞かせてくれたときから」

「あの話を信じているのか？」

「神だとか、星々から来た男だとか——そんな話は、あなたが私の人生に入ってきたことの意味を、少しも明かしてくれない。しかもこれで二回目よ」

　フェルティフはグライダーを街の端に向かわせた。

「それについては、私も長いあいだ考えてきた」

「答えは？」

「ないな」と正直に答えた。

「それなら、あなたにも限界はあるのね。あなたの前に現れることを拒んでいる答え」

「それは、おまえの想像以上に沢山ある」

　アルコン人のような宇宙飛行種族が宇宙の奥深くへ足を踏み入れるたびに、数多くの疑問が生じてきた。答えがひとつ見つかれば、次の謎が生じる。秘密がひとつ解き明かされるたびに、宇宙にはもつれあう隠された営みが存在することがわかる。もしかしたらそれが、フェルティフがこの世界の人間にこんなにも惹きつけられている理由なのかもしれない。ディーラに。

　彼女が、アルコン人が知る宇宙や万物の秘密を、何ひとつ知らないから。

　彼女は子どものようなものだから。すべてに驚き、だからこそ、誰よりも賢いのかもしれない、子ども。

「ディーラ?」

フェルティフは、グライダーの窓を黒くする指示をコンソールに打ちこんだ。これで外からのぞかれることはなく、人間の乗客も人目につかなくなった。だがなかから見れば、窓は透明なままだ。

「なに？」

「おまえを私の家に連れていく」と言って自動操縦のメモリーにある目的地をタップした。

「私が誰にも見つからないように？」

フェルティフはためらった。

「私をここに連れてくるために、禁じられたことをいくつかやっているのは、わかってた」そう言って座席にもたれかかった。彼女がこれまでに触れたことのあるどんなものより柔らかく、心地いいはずだ。「大変なことをしているのでしょう？」

フェルティフは躊躇なく真実を口にした。

「だが、また同じことがあっても、同じ決断をするだろうな」

「なぜ？」

「おまえが私の世界に新たな視点をひらいてくれるからだ」

「それなら、あなたの家に着く前に見せて。アトランティスを見せて」

ディーラはフェルティフの膝に手を置いた。

　フェルティフは彼女を見た。疲れた目をしているが、好奇心にあふれている。〝野次馬めいた好奇心ではないのだろう〟とフェルティフは考えた。〝楽しむために、奇妙なものや素晴らしいものを見たがっているのではない――どうすればこのすべてが成立しうるのか、知りたいのだ。なぜあのような建物が存在しうるのか。材料のことも知らないうえに、これまで見たことがあるすべての物より、何倍も大きいのだから〟

　ディーラの手は熱いほどだ。

「わかった」とフェルティフは応じた。

　音声指示で自動操縦を切る。グライダーをアトランティスの建物上空に向かわせた。ディーラに漏斗状の建物を見せ、これが自分の故郷ではごくありふれた建て方なのだと説明した。

「なぜこんな複雑な形を選んでいるの？」と彼女は尋ねた。「上のほうが外に向かってふくらんでいるから、下のほうの階ではとても支えきれないでしょう。私たちの部族には、こんな言葉があるの、フェルティフ」

「聞かせてくれ」

「地下からしっかりと建てなければ、家は倒れる。砂のような間違った土台に建てたなら、家は沈んで壊れるだろう」ディーラは側面の窓の外を指した。漏斗状の建物の半分が深い谷の上にかかっている。「でも、あなたたちはそんなふうにしない。わざとやっているのでしょう？　自然が押しつけようとする法則よりも、強くて賢いから。すべてを超越していて、自分たちのことを周囲の状況に決められたくないと思っているから」

　ディーラは本当に驚くべき女性だった。ほかのアルコン人はなぜ、このような考え方を、蛮人の思考と言うのだろうか。

「それが理由で我々のことを賢いと思っているのか？」とフェルティフは尋ねた。

　ディーラは微笑んだ。

「何かを成し遂げられることを証明しなければ、そう考えるのは、賢いからかもしれない。そうでなければ、高慢だから」

　フェルティフは彼女の手に自分の手を重ねた。

「我々の種族は、おまえのように鏡をつきつけてくる人間を必要としているのではないか、ますますそんな気がしてきたな」

「この街は素晴らしいわ、フェルティフ」ディーラが慌てて言った。「でも、何もかもが私の故郷より優れているわけじゃない」

「どういうことか、話してくれ」

「私たちの村も海辺にあった。敵に焼き払われてしまう前には」ディーラはフェルティフの膝の上の指を曲げて、肉に爪を突き立てると、かすかなため息とともにすぐ力を抜いた。フェルティフの脚に戦慄が走る。「私たちは、家を高いところに建てたり、防波堤をつくったりして、波や嵐から守っている。でも、あなたたちの家は守られていないのね」

「守られてはいるんだ、ディーラ。だが別の方法で。目には見えない」

彼女の手が、フェルティフの太ももを上へ這っていく。

「もっと知りたい」さらに上へ。「あとで！」

グライダーを一般緩衝地帯の外まで飛ばし、待機状態にすると、フェルティフはディーラにキスをした。

街の遊覧飛行は、彼女が望んだとおりにあとで再開され、終わった。街外れの、すぐ裏から手つかずの森が始まるフェルティフの家に着いたときには、すでに暗くなっていた。

9

破滅まで

クレスト・ダ・ツォルトラル

デマイラ・オン・タノス司令官はぼうぜんとしているようだ。自分の船だというのに、タルツ・デ・テロマーに部屋から追いだされたうえ、あからさまな脅しまで受けたのだ。アトランティスではすべてがうまくいっているわけではないのだろう。長年にわたる残忍な戦争で疲弊していれば、どんな種族でも起こりうることだ。

クレストは、自分たちに与えられた居室のなかで、今この瞬間に何が起きているのかわかるような気がした。タチアナ・ミハロヴナはタルツの思考を読み、秘密を発見した――彼女が「ロンヤノⅣ」と言ってほのめかした秘密だ。タルツのほかには誰も知らぬ何かが起きた惑星の名前なのだろう。女性テレパスは正しい選択をした。あのひと言でじゅうぶんにタルツの気を引けたからだ。タチアナがあれ以上ひと言でも発すれば排除する、というタルツの脅しは無効になった。

トルケル＝ホンは、《エクテム》に移って以来ずっと背後に引き、目立たないようにしていた。ここでは異質な外見を持つ者であるため、アルコン人の権力闘争やもめごとに巻きこまれないよう、気をつけているのだろう。クレストにはそれがよく理解できたし、賢い方策だと思った。

居室のドアが再び開くまで、長くはかからなかった。

タチアナはドア枠の上に立ち、唇に満足げな笑みを浮かべている。

「クレスト、トルケル＝ホン！　どうぞお入りください」

デマイラ・オン・タノスは鋭く息を吸ったが、何も言わなかった。このように無視されたことにショックを受けているに違いない。

「心配いりませんわ」タチアナは女性司令官に声をかけた。「さっきの出来事のせいではありませんから。あなたには関係ありません」女性テレパスはふとためらった。「そんなはずはないと思います」

会話の半分しか聞こえていない、クレストはそんな気がした。おそらくそのとおりなのだろう。女性司令官の言葉は、頭のなかでしか発せられていないのだから。そのために、デマイラは混乱した状態で取り残されることになった。トルケル＝ホンが先に部屋へ入り、クレストもそれに続いてドアを閉めた。

　タルツ・デ・テロマーは、胸の前で腕を組んで立っていた。鼻のつけ根から額の真ん中にかけて星型のしわが寄っている。白い眉にしわの影が落ちていた。

「おまえの同行者から、おまえにもう少し時間を割いてやるように説得された。とはいえ、私は公明正大な主義だから、前もって言っておきたいことがある。おまえたちがロンヤノⅣのことをどこで聞きつけたにせよ……」素早く光線銃を抜くと、見せつけるように安全装置を外した。「……これは芝居ではない。芝居だったこともない。おまえたちは、何者であろうとも触れてはならぬことを口にしたのだ」

　タルツは、クレストにも二人の同伴者にも銃口を向けていない。クレストは安堵した。

「よくわかっております。あなたの秘密は誰にも洩らしません」とクレストは言った。だが、この言葉のために危ない橋を渡ることになった。秘密のことは何ひとつ知らぬのだから。そんなものに興味もない。タチアナの発言の目的はただひとつ、誰にも邪魔をされずに権力を持つアルコン人と話をすることであり、それは果たされたのだ。

「それで、私に何を伝えたいのだ？」タルツ・デ・テロマーが尋ねた。「おまえたちのことか、あるいは……何か知らんが」

　タチアナが尋ねるようにクレストを見た。クレストがわずかにうなずく。彼女が話すべきだった。タルツについては彼女がいちばんよく知っているのだから。

「この植民地は、滅亡することになっています」と女性テレパスは言った。

一瞬のあいだ、その言葉は陰鬱な予言として部屋のなかを漂った。数秒間宙に浮いたままだったが、やがて……タルッ・デ・テロマーが笑いだした。

「まさか、それだけか？　おまえたちが興味深いことを教えてくれるかもしれぬと、一時は本気で考えたのだぞ。それが、ひどくありふれたことを口にしたにすぎん。もちろんこの植民地は滅亡するだろう。大帝国周辺部に存在するアルコンのすべての植民地と同じようにな。どのような生物であれ、頭蓋骨のなかに脳があり、それをタンパク質保存以外の目的にも使っていれば、そんなことは予想できる。この時間泥棒が！」タルッは光線銃をしまった。これは、クレストたちを本気で相手にする気はないという明らかなサインだ。

「おまえたちがこれ以上何を言おうと、もう驚かんな」

トルケル＝ホンが速くリズミカルに尾を振って何度も床を打ち、この部屋にいる全員の気を引いた。こすれるような音がそれに続く。

「お待ちください、司令官！　誤解があるようです。我々はこの植民地が滅亡すると推測しているのではありません。予言をしているわけでもない。我々は、知っているのです」

タルッは右手を上げ、親指と人差し指であごをもんだ。わざと激しやすい者のふりをしている。だが挑発的な言葉とは裏腹に、銃を抜くまで時間がかかるタイプなのだろう。

「そんなことを確信しているのは、おまえたちがメタンズのために動いていて、そんな話を聞いたから、というわけか？」

「勘違いをされておりますな」トプシダーはタルッに向かって一歩踏みだした。足音が一回だけ部屋に響き、尾の鱗が床にこすれる音が続いた。「あなたは賢いおかただ、タルッ・デ・テロマー司令官。我々が名乗ったとおりの者ではないと見抜いている」

「人生が私に疑うことを教えたのだよ。とりわけ今のような瞬間がな。それが早すぎる死を防ぐ。したがって私を過小評価しないことだ。見てのとおり、これだけ長く生きてきたのだからな」

「あなたは、アルコン医学の最高水準の細胞活性化処置によって、そこまでの高齢に達したのでしょう」クレストは推測を口にした。「何回処置を受けられたのですか？」

タルッが振り向いた。

「本当にその件について話をしたいのか？ この愚か者が」

〝そんなわけはない！ だが次の話の用意をしているのだ〟そう考えながらクレストは黙り、トルケル＝ホンに話の続きを任せた。第一歩は踏みだした。真実を明かさなければならない。

トプシダーはタルッ・デ・テロマーのすぐそばで立ち止まった。

「あなたのおっしゃるとおりです。我々の話は嘘だった。だが、我々はあなたが思っているような者でもない」

「メタンズのスパイだと認めるがいい。何者なのだ？」タルッの言葉から嘲笑がしたたる。

「我々は、アトランティスという名の植民地が滅亡することを知っているのです。我々は未来から来たのですから」

タルツの口の端がぴくりと動いた。

「おまえが言い張っているのは……何だと？」

〝これでこの男を驚かすことにも成功した。足元の地面を揺るがせることに〟とクレストは考えた。

「我々は未来の時代から来ました」と、トルケル＝ホンは落ち着いた声で続けた。きわめて冷静に、自分が何を話しているのか正確にわかっている者の口調で。「想像がしやすいように申し上げますと、ラルサフ時間で一万年後です。メタンズは間もなくこの植民地を攻撃します。この大陸全体が海に沈むのです」

「私はこの惑星の人間です」とタチアナが言い添えた。「私が生まれたとき、アトランティスは、数多くの伝説に織りこまれた大昔の神話でしかありませんでした。この大陸が本当に存在したと、真剣に考える人はいません。ここを植民地にして住んでいた異星人については、言うまでもありませんね」

タルツ・デ・テロマーは再び光線銃を抜き、驚くほど素早くクレストに向けた。クレストは身も心も凍りついたが、やがてタルツは銃の安全装置をかけるとホルスターに戻した。常に撃つつもりでいるし、どんな瞬間であれ戦う準備はできているのだろう。さっき何と言っていた？　これは芝居ではない？　それにしてはこの名優ぶり……。

「もっと詳しく話せ！」とタルツが押し殺した声で言った。

「私の時代には」とクレストが言った。「大帝国の状況は……今とは違っています。司令官、我々の種族は重大な脅威にさらされることもなく、現実の世界から離れ、ひきこもっていったのです。例外もいるとはいえ、かつての誇り高いアルコン人の面影を見出すのは難しいでしょう。彼らは仮想ゲームにふけり、現実から精神的に遊離してしまったのです」

「私たちは転送機に足を踏み入れました」とタチアナが続けた。「海底ドームにあったものです。アトランティスが滅んだあと、あのドームだけが私たちの時代まで残っていました。海岸のそばに建設されていたはずです」

「コソルのドームか？」タルツが疑い深く尋ねる。

「一万年後に発見されるのです」とクレストが言った。「そして我々が転送機を通ってみると、過去の世界に送りこまれていました。タイムトラベルです。そうして我々は、ここへたどり着いたのです」

再びタチアナが口を開いた。

「アトランティスをめぐる伝説は、決して消え去りはしませんでした――記憶は生きつづけたのです。なかでも滅亡の悲劇の記憶は。『ただひとつの昼間、そしてただひとつの夜のうちに』そう伝えられています。私たちの種族には、それが何を意味するのか理解できませんでした。ひとつの大陸全体を海に沈められるものなど、誰にも想像できなかったからです。でも今ならわかりますわ。メタンズの攻撃です。艦隊がやってきて、激しい爆撃を始めたのでしょう」

「我々は、この時代から長らく生き延びていた二人の人物を知っております」とトルケル＝ホンが言った。「一人は名前のない植民地の司令官。その人物が原始的な巻物に文章を残していました」

「アトラン・ダ・ゴノツァルが、何をしただと？　証拠はあるのか？」

クレストは興奮の涙が目の端にあふれるのを感じた。アトラン・ダ・ゴノツァル……それが自分たちの探している不死者なのか？

「我々には……」クレストはためらった。巻物は、不死の世界に続く困難な道のりで失われていた。「残念ながらありません」と、小声で言った。

「そうだろうな！　もう一人の生存者は誰だというのだ？」

「クノルという名の男性です」

「クノルだと？」タルッ・デ・テロマーは笑った。冷淡に、ユーモアのかけらもなく。

「私の部下の将校、テル・ペルガンだというのか？　植民地の住民はどうなった？」

「その男性は、あなたの部下の将校かもしれません。ありえることです。我々はファーストネームしか知らないのですから。植民地の住民を襲った運命については、まったくわかりません」と、クレストは正直に言った。

「私の運命はどうなっているのかね？」

「それも申し上げることはできません」

「私が自分の未来を知れば、タイムパラドックスが起こると恐れているからか？」

「何も知らないからです」

　タルツは黙った。クレストは、目の前のアルコン人がすべてを受け入れた冷静な態度に驚いていた。ところが次の瞬間――残念ながら――その態度の説明がついた。タルツはトルケル＝ホンを押しのけると、急いでドアに向かったのだ。

「私はおまえたちについて思い違いをしていた。おまえたちは裏切り者でもなければ、メタンズの諜報員でもない。正気を失った哀れな連中だよ。アルコンで治療を受けて精神状態が回復するように祈っている。可哀想にな」

　クレストはみぞおちに拳を食らったような気分だった。彼らはすべてを賭け、負けたのだ。タルツは自分たちを精神錯乱者と片づけた。

　終わりだ。

　最後のチャンスを失った。

〝まだだ！〟付帯脳が言葉を発した。〝あの男自身の核心に触れれば、心をつかめるぞ！〟

「司令官」深く考えずにクレストは叫んだ。「お願いします、待ってください！」

すでにドアのそばにいたタルツが振り返った。

「宇宙で救助された三人の無価値な捕虜のために割ける時間は、とっくに超過しているのだよ。そのうち、どうやって私の秘密をかぎつけたのか暴いてやるからな。絶対に口外しないよう、忠告しておくぞ」

クレストは、そのような発言に気を取られもしなければ、気圧（けお）されもしなかった。

「最後にひとつ質問をさせてください。あなたの艦隊が銀河のうちでも価値のないこのような区域に配置された理由について、一度も不思議に思ったことはありませんか？　なぜ、よりによってここに植民地をつくったのでしょうか？」

タルツは嘲笑した。

「言ってみろ」

「この惑星が、命の大いなる秘密の鍵をなしているからです。不死の秘密です！」

　タルツはもう一度、自分の笑い声にできるかぎりの嘲弄（ちょうろう）を込めようとした。

「不死だと？」

「ご存じですか？」と、タチアナ・ミハロヴナという名の女が言った。この女は、一万年後にこの惑星で生まれたと言い張っている。たしかにこの世界の人間のように見えるが、そんなことがこれほど馬鹿馬鹿しい話の裏づけになるわけがない。

「何をだ？」とタルツが尋ねた。

「永遠の命の世界への道を？」

　タルツはこの部屋から逃げだしたい衝動に駆られた。だがかろうじて抑えつけ、しっかりと落ち着いた足取りで部屋を去ろうとした。

「もうたくさんだ！」と叫んで外に出ると、タルツはドアを閉めた。

　この船の女性司令官はもういなかった。驚くべきことではない。自分が同じ立場でも、通路で待ちはしなかっただろう。あのような侮辱のあとではなおさらだ。おまけに、彼女が誰にも反対されずに重要な決定を下すことに慣れている、この船内であのような仕打ちを受けたのだから。

　女性司令官の代わりに下級兵士が話しかけてきた。タルツは階級章を目で探したが、見つからなかった。

「どちらへご案内すればよろしいでしょうか」

それがわかりさえすれば。考えがまとまらぬと認めるしかなかった。まだあの人間の女の声が聞こえるような気がした。

〝ご存じですか……永遠の命の世界への道を？〟

「格納庫まで案内しろ。その途中、邪魔が入らずに落ち着いて考えられるよう配慮してくれたまえ。それから、司令官に話がしたいと伝えてくれ」

兵士は了解すると歩きはじめた。タルッはそのあとをついていく。一人でも道はわかっただろうが、兵士が案内に立ってくれて助かった。そのほうがよく考えられるからだ。

クレストという名の常軌を逸した男が、不死について話していた。この植民地はそのためだけにここにあると。よりによってこんな辺鄙な場所に。ラルサフⅢは、あらゆる秘密のなかでも最大級の秘密への道を示すのだと。

お笑いぐさだ！

だがそれでも、皇帝は己が息子をよりによってこのような遠方へ送りだしたのだ。植民地を管理させるために。

皇帝の栄光は、ほかの誰も知らぬ何かを知っているのか？　皇帝はこの銀河最強の権力者だ――少なくともアルコン人は好んでそう言い張っている。とはいえ銀河は広い。大帝国は、すべての地域を調査するなど不可能なほど広大なのだ。宮廷には、タルツが一度も耳にしたことのない秘密が存在するのだろうか。そうだとしても、アトランがそれを自分に黙っているなど、ありえるだろうか？

〝ご存じですか……永遠の命の世界への道を？〟

あの連中は何者なのだ。本当にタイムトラベラーなのか？　そんなことがありうると考えるのも馬鹿らしい。だがそのいっぽうで、長い人生のあいだに、とうてい信じられぬような出来事が起きる様を数多く目にしてきた。

あの連中は頭がおかしいに違いない。

だが、頭がおかしいようには見えなかった。

彼らは考えぬいて行動していた。完璧に口裏を合わせていた。そして、不死をめぐるごく短い話……。

あの言葉は彼の心をわしづかみにした。タルツは老人だった。ついに死が訪れるのを妨げているのは、義務感のみ――そして、あのクレストが鋭くも見抜いた医療処置のおかげだった。死が近いことはわかっている。自分の肌の冷たさに、日に日に近づく死を感じていた。だがこれまでは、どうということもないと思っていた。死とは、あらゆる命が目指す終着点なのだから。それに、長いあいだ死にあらがってきた。現在の地位に就いてから、たいていの前任者より数十年も長く任にあたってきたのだ。死なら知っている。戦争でじゅうぶんすぎるほど目にしてきた。

だが突然、死は避けられぬことではないのではないか、という思いがくすぶりはじめた。しかもあまりの愚かしさに、頭から離れないのだ。

〝ご存じですか？〟

案内の兵士が先に反重力エレベーターに入った。考えこみながらタルッも続く。上方へ、格納庫へ向かい、エレベーターシャフトを出ると、デマイラ・オン・タノスが待っていた。彼女はタルッの目を見て、誇り高く頭を上げた。打ちひしがれてはいないようだ。タルッは目を見張った。

「格納庫まで来てくれて感謝する」とタルッは言った。「三人の捕虜のことだ」

「どうすればよろしいのでしょうか」

「このまま捕らえておけ。監視を厳しくしてな。苦痛を与えてはならんが、船団とともにできるだけ早くアトランティスを離れさせろ。アルコンに戻る準備が整うのはいつだ？」

「一日後です」デマイラは兵士に下がるよう合図をした。兵士はエレベーターシャフトに入り、上へ向かった。その姿が視界から消える前に、彼女は言い足した。「本来ならば」

「どういうことだ？」

「ここでお待ちしていたのは別の理由もあったからです、タルッ・デ・テロマー。これまではお話しすることができませんでした。予定通りの出発は難しいかもしれません。私は、補給物資を届けるためだけにアトランティスへ来たわけではないからです」

「それではどういうわけだ？」

デマイラはメモリークリスタルを差しだした。タルッはそれを受け取り、驚いて見つめた。

「皇帝直筆のサインがある」

「これが本物であることは、おわかりになると思います」デマイラは、確認作業は省けるだろうと念押しするような口調で言った。「あるものをアルコンに持ち帰るよう、皇帝から直接指示を受けました。より正確に言えば……ある人物を。その件について、あなた以上の相談相手はいないように思いましたので、タルッ。問題を抱えているものですから」

タルッの手がメモリークリスタルを握りしめた。

「おまえが言っているのは……」

「はい。なくてはならぬ人物です。皇帝は、息子を宮廷に呼び戻すよう命令を下しました。私は皇帝の指示のもと、アトラン・ダ・ゴノツァルを故郷へ無事に送り届けることになっています」

《トソマ》の自室に戻ると、タルッは制服を着たままベッドに横たわった。疲れきっていたが、何よりも、よく考えなければならなかった。実に多くのことについて。

我が子同然のアトランについて。メタンズとの戦争を終わらせることができるという希望を胸に、どこともつかぬ場所へ出発したという……そして今、本当の父親からアルコンに呼び戻されることになった。

また、自分自身の死について。今、驚くべきものでありながら馬鹿馬鹿しすぎる、永遠の命という発想が対極に現れ、心の平穏が奪われていた。

そして、避難と、目前に迫る植民地アトランティスの破滅。

どの問題も重くのしかかっていた。一人のアルコン人が一生のうちに背負うべきものより、はるかに大きな重荷だった。

首の下で手を組み、天井を凝視した。イミテーションの木材の、曲がりくねった木目を目で追う。あれはタルッが天井に張らせたものだ。子ども時代を過ごした両親の家の部屋を思わせる。考え事をするときには助けになるし、迷路のような模様は、しばしば眠りへいざなってくれた。

〝ご存じですか？〟

アトランが姿を消したことと、救助されたあの三人とのあいだに何か関係があるのだろうか。あの三人は、アトランが植民地の破滅を生き延びた二人のうちの一人だと言い張っていた――彼らが言うところのはるかな未来まで生き延びたという。なぜそのようなことがありえるのだ？　あの三人の……タイムトラベラーが――そのような言葉を思い浮かべることにすら抵抗を覚える——よりによってアトランを迎えにきた船でやってくるなど。

〝永遠の命の世界への道を？〟

ほとんどそれと気づかぬほどゆっくりと、タルッの思考に奇妙な夢の映像が入りこんできた。付帯脳に指摘されて気づいたにすぎない。だが長い一日のあとで、好むと好まざるとにかかわらず、老いた体が休息の権利を主張していた。

まぶたが落ちる。何とかして目を開き、木目の迷路に入りこむと、突然メタンズの哨戒艇がアトランティスにかかる雲を突き破った。大破して船体がぱっくりと割れた哨戒艇が、破壊された山岳地帯の地獄を生き延びた。体が半分裂けた幾人ものメタンズが、奇妙な装置で生命を維持しつつ、緑色の蒸気めいた空気に包まれて、骸骨と化した哨戒艇から雨のように落ちてきた。死んだ兵士の一人がタルッをにらみ、その目が破裂し、青白い口が開いて人間の女の声で言う。

〝ご存じですか？〟

タルッはぎょっとして飛び起きた。

映像が消える。

そうだとも——あることを見落としていた！　なぜ忘れたりできた？　あの捕虜たちは、二人の生存者について話していた。アトランとクノル。クノル・テル・ペルガンしかいないだろう。あの無謀な男。旗艦《トソマ》に籍がある火器管制将校。よりによってあの男がアトランティス滅亡を生き延びるなど、なぜそのようなことがありうるのだ？　いつの日か、クノルがアトランとともに地上、あるいはコソルのドームで隠れて暮らすとは、なんと馬鹿馬鹿しい話だ！

タルッはバスルームへ急いだ。鏡を凝視し、両手で水を受けて目にかける。そうすると少しは風采が上がった。

司令室の当直表を思い浮かべた。今、クノルは司令室にいないはずだ。自分の居室で眠っているだろう。クノルを起こして司令室に行かせるよう、艦載ポジトロニクスに指示を出した。あの男と話をしなければ。捕虜の話が事実と合致するわけがないという証拠が必要なのだ。

タルッが自室から出ようとしたその瞬間、別のアイデアが浮かんで直ちに実行した。つまり、ポジトロニクスにもうひとつ指示を出したのだ。今度は《エクテム》の捕虜の部屋と直接通信をつながせた。この措置で新たな情報が得られるのでは、と期待して。

やがて司令室に足を踏み入れた。火器管制将校はすでに来ている。

「クノル」とタルッは言った。

〝おまえがアトランとともにラルサフⅢのどこかで生き延びるなど、絶対に許さん〟

断固たる責任感と野心を備えたうえに、将校の地位にある軍人が、旗艦の持ち場を離れるなどありえぬことだ。ましてやメタンズの攻撃中に。それでもあの……運命を確実に回避する簡単な方法はある。ただ念のためだ。

「こんなに早く来てくれて感謝する」

「当然のことです、司令官。なぜお呼びになったのでしょうか？　何が……」クノルは口ごもり、言葉を継いだ。「私に何ができるのでしょうか」

「おまえに新たな任務がある、クノル。間もなくラルサフⅢを離れる船団のことは知っているな？」

「もちろんです」と火器管制将校は言った。おそらく秘密任務を、特別な作戦を期待しているのだろう。

タルツはそのような期待に応えるわけにはいかなかった。

「おまえを《エクテム》に配置換えする。向こうの船でオン・タノス司令官から任務を与えてもらうがいい。船団とともにアルコンへ戻るのだ」

クノルは身を硬くした。顔が一気に髪と同じほど白くなる。

「しかし、司令官、私は……。なぜ私を降格させるのですか？　私がどのような過ちを犯したのでしょうか」

よりによって、この若い男にこのようなことが降りかかるとは。タルツは哀れみを覚えた。だが長いあいだ軍に所属していれば、華々しい昇進の夢が理由もなく頓挫させられたと感じる瞬間はあるものだ。ある者の将来を破壊する――あるいは少なくとも予期せぬ配置換えをする――はめになったのは、タルッにとってこれがはじめてではなかった。

「過ちを犯したのではない。おまえは命令を受けたのだ、クノル」

「抗議します！」

タルッは両手で拳をつくった。

「よく聞け、クノル。おまえのために言ってやるのだからな。抗議は慎重にすることだ。思わぬ者の耳に入れば、ほかの戦艦にも行けず、船団のみすぼらしい小型補給船の廃棄物再処理センターで過ごすことになるぞ！　わかったか？」

もっと言い返されるものと思ったが、クノル・テル・ペルガンは賢いところを見せた。

「はい、司令官」

「準備をしろ。これをもって次のシフトからは外しておく。その時間を配置換えに備えて有効に活用したまえ」

クノルは無表情に同意すると、司令室を出ていった。

タルッはそれを見送り、はてしない安堵を覚えた。クノルがアトランティスで生き延びることはないだろう。捕虜たちの話などたわごとにすぎぬ……そうでなければ、クノルをこの船から追いだしたりできなかったはずだ。未来ですでに起きているという理由で、あの男が生存者になることが本当に定められているのなら、これほど簡単な措置で変えられるはずがない。

頭のなかをさまざまな思いが駆けめぐる。このような思考の乱れは、彼らしからぬことだった。

タルッは言葉にならぬほど安堵していた。不死をめぐる、そして永遠の命の世界をめぐるたわごとなど、嘘偽りと判明した。タルッは自分を悩ませていた不気味な幽霊を追い払った。

これで大丈夫だ。

これで本来の問題に専念できる。アトランが姿を消した。アトランティスの住民を避難させねばならない。これこそが最大限の集中を要する問題なのだ。

これは、タルッが知り抜いていて、対処できる問題だ。死の克服などという無意味な希望とはわけが違う。思わぬときに全力で表面化しようとする、隠れた願望などではない！

タルツ・デ・テロマーは解放感を覚えていた。

突如として、司令室に警報が鳴り響くまでは。

フェルティフ・デ・ケムロル

まだ暗い。朝の光はまだ家のなかまで差しこんでいなかった。それでもフェルティフはベッドのなかで目を覚ましていた。わざわざ見てたしかめずとも記憶は鮮明で、部屋の様子はすぐ頭に浮かぶ。静寂のなかで、ディーラのゆったりとした寝息が聞こえる。

慎重に掛け布団を押しのけ、立ちあがった。裸のままで、漏斗状の自宅最上階のテラスに出た。空で星がまたたいている。どの方角にアルコンがあるのか、正確にわかっていた。故郷のすぐそばの太陽も見て取れる。空の下には黒い平面が広がっていて、今は黒い影にしか見えない森が視界を妨げていた。動物が一匹、キーキーと鳴き声をあげ――おそらく猿だろう――暗闇にこだまする。

星の光が普段よりも明るい気がした。目を閉じたが、数カ月前のように戦争のイメージが浮かぶことはなかった。植民地の管理業務で日々起きるトラブルの光景も現れない。その代わりに、これまで感じたことのない解放感を味わっていた。執政官として抱えるトラブルも義務も、急にささいなことになり、どうでもよく感じられた。残忍な戦争も、はてしなく遠いことのような気がする。

アトランタワーの向こうに空港が見えてくるまで、手すりにそって歩いた。手前の湖面で照明がまばらに光っていたが、離着陸場が明るいせいで詳細はよくわからなかった。空港に輸送船が到着し、荷降ろしをしている。もっと早く来ていたはずの補給物資がようやく届いたようだ。だが、なぜ船団はこうも遅れた？

もう数歩進んで、家庭用ポジトロニクスのインターフェースが設置されている場所まで来た。認証コードで本人確認を済ませ、ホログラムのディスプレイを起動させる。

宇宙空港の最新の流通データが表示された。フェルティフのセキュリティレベルなら、すべてのデータにアクセスできる。船団が遅れた理由もあっさりとわかった――デマイラ・オン・タノスの指揮下にある船団が、破壊された宇宙船から三人の乗組員を救助したためだ。

きわめて異例だ。全艦隊共通の規則に反している。

とはいえ、フェルティフはデマイラの行為に好感を覚えていた。それは否定しようのない事実だった。この女性司令官が、重大な過失を犯して愚行に走ったのか、独自の判断力を備えているのか、どちらかなのだろう。だが、司令官のような地位にあるアルコン人が愚行に走るとは思えなかった。この件について、ほかのすべてのアルコン人は真逆の判定を下すのだろうが、フェルティフには、そんなことはどうでもよかった。

この件の背景をもっと知るべく、情報網に深入りしようとしたとき、鷲（わし）の紋章がホロの画面に現れた。

客か？　こんな時間に？

太陽はまだ昇ってもいないのだ。

「私と話したがっているのは誰だ？」フェルティフは尋ねた。

「コソル・テル・ニーダルです」と、家庭用ポジトロニクスの感情のない声が応じる。

私の副官が？　前にコソルが自宅へ来たのがいつのことだったか、思い出せもしないというのに。

「下に行くと伝えてくれ」そう言って操作フィールドに触れ、ホログラムの画面を消した。とはいえポジトロニクスとのコンタクトは維持している。「まだコソルがいるあいだにディーラが目を覚ましたら」と言いそえた。「どんなことがあろうと上の階を離れないように伝えてくれ。彼女が望みを口にすれば、それが叶うように手配しろ。それから、客との会話を記録しておけ」

フェルティフは寝室に戻った。服を着ると、反重力エレベーターシャフトに入り、家の入口まで直行する。三秒も経たぬうちに一四メートルを移動して、エレベーターシャフトの外に出た。

「開けろ」

ドアが横に開いた。予想どおりにコソルが立っている。ゆったりとした黒いマントを身につけ、黒っぽい帽子を目深にかぶっていた。

〝自分が何者なのか知られたくなければ、これは歪曲フィールドのように効果的だな〟とフェルティフは考えた。〝目立たないというだけだが。偶然誰に会っても驚かれないだろうしな〟

「入ってくれ」

「ありがとうございます」

無意味な会話だ。

「なぜここに？」

「あなたは過ちを犯しました。執政官」

〝知っているのだ。誰にも気づかれずにディーラを街に入れられると、なぜ思いこんだりできた？〟

「それで、いきなり話の核心に入るわけか」

「ほかに何を話そうと無意味です。そう思われませんか？」

フェルティフは、コソルを小さなテーブルに案内した。そのまわりに四つのソファーが並んでいる。

「座ってくれ」

「立っていたいのですが」

「そうか」それでもフェルティフは座った。「率直に話してくれたまえ」

わざわざ言わずとも、この男はそうするのだろうが。

「あなたは自分の職務をおろそかにしました！」

「私がアトランティスを離れたからか？　いいかコソル、よく考えろ！　それについてはアトランから直接許しを得ている。私は無闇に逃げまわっているのではない。研究しているのだ。我が植民地の繁栄のために。それに不在のあいだ、私がなすべき仕事はすべて、ほかの者に任せてある」

「それについては、私以上にわかっている者はいないと思います」とコソルが応じた。

フェルティフはかすかに微笑んだ。

「ありがたいことに、日々の政治的な諸事については、おまえに任せておけば安心だからな」

コソルはフェルティフの向かいのソファーの後ろに立った。ソファーの上端をつかんでいる。

「あなたは、この植民地の執政官としての職務を放りだしたのです。私には考えられないほどに!」

「わかっているのだろう、私はおまえを……」

突然コソルが自制心を失った。

「私は、あなたの人間の売春婦のことを知っているのですよ!」悲鳴のように叫んだ。

「あなたは見られていたのです、フェルティフ! 言うまでもないことですが、自動ロボットステーションがあなたの到着を通知してきました! なぜあんなことができたのですか?」

「私が人間の女性をこの街に連れてきた理由か? 彼女は……」

「地元住民と関係を持つことは禁止されています！　厳禁です、執政官！　あの売春婦がご自宅にいるなどとおっしゃらないでください——あなたの寝室にいるなどと！」

「何がしたいのだ？　コソル」

「あなたの所業をこれ以上黙って見ているわけにはまいりません。今日中にあの女をアトランティスから追放してください。そして、私が黙っておくのはこれが最後です。好むと好まざるとにかかわらず、私は副官としてあなたに従う義務があります。しかし、もしあの売春婦が……」

「ディーラだ」フェルティフはコソルの話をさえぎった。名状しがたい奇妙な平穏を感じながら。「彼女の名前はディーラという。彼女の部族では予知者とされていて、私は彼女を政治難民と認定した」

コソルの指の爪がソファーの革にくいこんだ。

「あなたがどのような美辞麗句を並べようと、私には関係ありません。こんなことは終わらせるべきです！　執政官、あなたは誰に忠誠心を捧げているのですか？　この世界の人間に？　それともアルコンに？　あの女をこの街から追いだしてください。さもなくばあなたが地元住民と接触していると艦隊司令部に通報します。そうなれば、アトラン殿下でもあなたを守ることはできないでしょう。あなたの逸脱行為を隠蔽するようアトラン殿下に仕向けたのが、もともとはあなたであったとしても！」

「私がアトランを操っていたというのか？　私の行為を認め、私がこの世界の住民のあいだに入ることを許可すると決めたのは、アトランなのだぞ。まさかおまえは、皇帝の息子に自分の頭で考える能力がないと思っているわけではないだろうな？」

コソルはソファーから手を放した。背もたれが前に揺れる。指の跡にわずかな汗じみが残っていた。

「六時間差しあげます。それから通報します。一度だけ、賢いところをお見せください、執政官。これまであなたとともに遂行してまいりました、私がよき思い出を抱いております公務にかけて。あなたが愚かしい道に踏みこんでしまう前に！　この世界の蛮人と関ってはなりません！」

「少し説明させてくれ」

「だめです！」

「私はおまえの上官だぞ！　とにかく私の話を聞け！」

だがコソルは拒否した。

「あなたはもはや私の上官ではありません。過ちの罪をあがなうまでは。あなたは一線を越えたのです、執政官。艦隊司令部の耳に入れば、最下級の一兵卒に降格させるのが妥当と判断されるに違いありません。メタンズとの戦闘のひとつで切り捨てられる哀れな者の一人になるのです。そして、あなたがこれを単なる脅しと解釈するおつもりならば、これ以上申し上げることはありません。私にはアルコンに対する責任があります。あなたが執政官としての職務に専念しているのであれば、アトランティスが今どのような状況にあるのか、ご存じだったはず。植民地にどれほどの危機が迫っているのか。ところが、タルッ・デ・テロマー司令官と私とで対処するしかなかったのですよ。船団がようやく到着し、その途上で素性の知れぬ三名が救助され、ここまで連れてこられました。あの三人がメタンズのスパイなら、我々全員の命が危険にさらされる恐れがあります。これをご覧ください！」

コソルが小型投影機を机に叩きつけ、電源を入れた。その上に見たこともない三人のホログラムが現れる——アルコン人の男が一人、この惑星の出身らしき女性ヒューマノイドが一人、トカゲ種族が一人。

コソルが背を向け、部屋を出ていった。一度も振り返らずに。

フェルティフは、その後ろ姿から目を離すことができなかった。ショックを受けて立ちつくしていた。

今の会話の記録をポジトロニクスに再生させようかと考えたが、やめることにした。誤解の余地はなかったからだ。記録を消去するよう指示を出した。

ディーラをアトランティスから放りだす？　そんなことができるものか。フェルティフは彼女に魅了されていた。いやそれ以上だ。愛していたのだ。それでも放りださなければならない。ほかに選択肢はないのだから。コソルは何ひとつ誇張していなかった。フェルティフのしたことが知られてしまえば、弁明もできないうちに今の地位を失い、最前線の無数の兵士の一人として、接近戦に参加することになる。

背後で足音がした。ひと呼吸するあいだに、ディーラが裸のまま横のソファーに腰かけた。

「怒っているのね」と言い切った。「何があったの？」

フェルティフはこの場にふさわしい言葉を探した。彼女にすべてを説明できる言葉を。だが見つからなかった。

「どうやって降りてきた？　私は……」

「あなたはあの声に、私を下へ行かせないように命令をしたのでしょう。わかってる」ディーラは落ち着きはらって言った。怒りや非難の色はない。「でも、私の望みをすべて叶えるように、とも命じていた。だから下に行かせてほしいと頼んだの。そうしたらあの声はわけがわからなくなってしまって、私が知らないといけないことをぜんぶ説明してくれた」

フェルティフはあぜんとした。ディーラは、あのような家庭用電子システムがどのように機能するのか理解していない。テクノロジーのことも、テクノロジーが立脚している法則のことも、何ひとつ知らない——それなのに、高度に発達したアルコンのポジトロニクスを、ほんの短い時間でだしぬいたのだ。

　ディーラが三人の見知らぬ人物のホログラムを指した。

「この人たちのせいなんでしょう？」

「いや、それは……違うと思う。破壊された船の生存者だ。我々の部隊が星々のあいだのはてしない海で救出した。以前話したことのある海だ。この三人が、誰かに何かをできるはずはない」

　ディーラは身を乗りだした。光が彼女の胸と上半身の肌できらめいた。彼女はホログラムの女性を捕まえようとしたが、指が素通りしただけだ。一瞬驚きに身を硬くしたが、今度は片手で投影像を包み、ぎゅっと握った。ところがつかめるものは何もない。光の点が彼女の指や血管や関節の表面で躍った。親指の根元で、投影された顔がねじれながら縦に伸びる。

「この映像に触れることはできない」言わずもがなだったが、フェルティフは説明した。

ディーラが手を引っこめる。「見知らぬ者たちだ。我々には関係ない」

　ディーラは立ちあがると、フェルティフのソファーのひじ掛けに座った。彼女の裸の上半身が彼に触れる。

「あなたは間違ってる！」フェルティフはディーラの息を感じた。彼女の陰部のにおいがする。「この女の人！　この人には気をつけて！」

「なぜだ？　彼女は……」

「この絵を消して！　消してちょうだい！」

フェルティフはホログラムの再生を止めた。一瞬にしてディーラの体から力が抜ける。にじり寄ってきて、膝の上に座った。

フェルティフの思考が猛然と駆けめぐった。コソルと、あの要求。この植民地の執政官としての義務。見知らぬ者を見たときの、ディーラの奇妙な態度。

「いや、だめだ」

ディーラがキスをしようとしたとき、フェルティフは言った。

「なぜいけないの？」

素朴な問いかけに、答えは見つからなかった。

〝コソルがつきつけたタイムリミットまで、時が過ぎるばかりで、あまり時間が残されていないからか？〟

馬鹿馬鹿しい！

「なぜいけないの、か」

フェルティフは彼女の言葉を繰り返した。だが確認のようなものだ。ディーラを抱きあげると、床に横たえた。

なぜいけない？

フェルティフは再び眠っていた。床の上で。彼女の手が胸の上にあった。目を覚まして
じっくりと考える。冷静になってみると、ほかに選択肢はないと認めるしかなかった。
ディーラを守ると決めたところで、勝ち目はないだろう。おそらく彼女に死をもたらす
だけだ。自分の命については言うまでもなかった。大帝国の戦闘ロボットは、一兵卒であ
れ将校であれ、階級を問わず、反逆者に容赦しない。
戦闘ロボットは、自分たち二人を殺すだろう。
だが、副官コソルの……最後通牒に従えば、自分自身と執政官の地位だけでなく、何よ
りもディーラの命を救えるのだ。彼女を安全な場所まで送り、ひとつかふたつ武器を渡し
ておけば、死ぬことはないだろう。
この結論は単純明快だった。
臆病者の思考が導きだした結論だ。
とはいえ、この状況を生き延びられるのはおそらく臆病者だけ――勇者は風にひるがえ
る旗とともに破滅するのだ。
フェルティフは彼女の手を取った。
「ディーラ」と言った。
目を覚まさない。

「ディーラ！」

何度もまばたきをしながら、彼女は目をあけた。

フェルティフはそれ以上ひと言も言えなかった。警報が鳴り響いたのだ。

クレスト・ダ・ツォルトラル

クレストとタチアナ・ミハロヴナとトルケル＝ホンは、《エクテム》船内の居室にいた。だがもはや、本来そうあるべき居室とは思えなかった。ここは牢獄だ。

「タルツ・デ・テロマーは我々の話を信じたのでしょうか？」とトルケル＝ホンが尋ねた。

「信じていないようですわ」と女性テレパスが暗い顔で言った。「最後のひと言で、私たちのことを頭がおかしいと片づけていたでしょう。あんなふうに決めつけられてしまっては、とりつく島がありませんでした」

「あの男の思考は読めましたかな？」

「最後には読めなくなりました」そう言って、タチアナは片手を上げた。「読むべきだと……わかっていたのですが。もちろんわかっていました。それなのに疲れきってしまって。ほかの誰よりも私自身が腹を立てています」

「誰もあなたを責めはしませんよ」とクレストが言った。「あなたはできるだけのことをしたのだと、わかっていますから」

「それでも」とタチアナが言い返す。「私が私を責めているんです。あの男が何を考えているのか、それを知るのは本当に大事なことのはずでした。感情に訴えてもう少し心をつかめていれば、味方につけられたかもしれないのに」

クレストはなだめるように彼女の肩に手を置いた。

「それなら何度もやってみたではありませんか。あなたはあのひと言で……」そう言ってクレストは思い出そうとした。

「ロンヤノⅣ」とタチアナが助け船を出した。「あくまでもプライベートな出来事なんです。そこで何が起きたのか、あの男は誰にも話したことがありません。私がこれ以上お話ししないことについては、わかっていただけると思います。話したところで仕方がありませんから。あのひと言で気を引くことができた、それでじゅうぶんだったんです」

「もちろんですよ」とクレストが言った。「それに加えて、私は永遠の命の話をして気を引こうとしたのですが――あれほど高齢で、さまざまな経験をした者であれば、見過ごせない話題のはずです。それでも味方につけられなかったのですから、あれ以上はどうしようもなかったと思いますよ」

「そうと決まったものではありませんな」とトルケル＝ホンが口をはさんだ。「我々の言葉があとになって効いてくるかもしれません。あの男はアトランティス防衛に命をかけている。我々の言ったことが跡形もなく頭から消えることはないと思われます。我々がメタンズの攻撃についてもう少し情報を握っているかもしれない、そう考えれば、再び話を聞きにくるでしょう」

タチアナは両手を握ってあごにあてた。

「あの男の態度は変えられないと思いますわ。でも、私たちはどうすればいいのでしょう？」

彼女の目の下に黒い輪ができている。涙袋がふくらんでいた。

「あなたは疲れているのですよ、タチアナ」とクレストが言った。

「それ以上ですわ。今にも眠ってしまいそうです」

「でしたら眠ってください。このあとすぐにでも、あなたの能力が必要になるかもしれないのですから」

「それでも、この船がアトランティスを発つ前に脱出したほうがいいのではありませんか？　逃げるべきだと思いませんか？　それとも、あの謎の人物アトランが出発前に現れるように、ひたすら願うのですか？　アトランが現れたとしても、それからどうなるのでしょう？　私たちの話に耳を貸すのか、それとも私たちの運命はタルツが決めたようになってしまうのか」

「私にはもうひとつ疑問があります」とトルケル＝ホンが言った。「アトランは本当に不死なのか？　タルツ・デ・テロマーは不死について何も知らぬようでしたな。我々の話への反応から、それは明らかだ。だが、皇帝の息子にいちばん近い側近の一人がその不死を知らぬなど、ありえることでしょうか？」

タチアナは立ちあがると、また落ち着きなく歩きまわりはじめた。

「わからないことが多すぎます！　そろそろ答えがいくつか見つかっていてもいい頃ですわ。けれど、ここで何もせずに座っていても解決しないでしょう」タチアナはクレストに笑みを向けた。「いえ、待っていいたのでは。こう言ったほうがよろしいのなら」

「逃げたほうがいいでしょうね。我々の知るかぎりでは、アトランティスが間もなく滅亡するのであれば」とクレストが言った。「我々の知るかぎりでは、アトラン・ダ・ゴノツァルとクノル・テル・ペルガンのほかに生存者はいないのです。ここにとどまっていれば死ぬことになる、そうではありませんか？　数隻の船は脱出したのかもしれません。しかし、《エクテム》が地球を脱出できたとしても、アルコンに連れていかれて、我々の言ったことが嘘で、作り話だったと発覚するだけです。裁判にかけられるでしょう。つまり、戦争裁判で裏切り者という判決が下るのです。我々は処刑されますよ」

「ずいぶん楽観的なお話ですね」タチアナが辛辣に言った。

「私はただ、我々を待ち受けているであろう現実と、そこからもたらされる帰結を指摘したまでです。ですから、《エクテム》を脱出し、アトランティスを離れるのが唯一の選択肢でしょうね。この惑星のどこかに身を潜めるのです。我々が閉じこめられたこの原始的な世界で、いつか死ぬときが来るまで」老アルコン人は目を閉じた。「私の場合は、そう長くかからないでしょうが」

「でもクレスト、あなたは……」

「やめてください、タチアナ！　私は事実を口にしたまでです」

トプシダーが犬の吠えるような音を発した。クレストの勘違いでなければ、これは驚きの表現だ。

「アイデアが浮かびましたぞ！　あなたは事実を口にしている、クレスト——そしてその事実が、もうひとつ選択肢があると語っているのです」

「聞かせてください！」とタチアナが言った。

「地球を離れる方法のうちで、まだ検討していないものが、もうひとつありますな」

「どのようなものですか？」

「海底ドームです！　未来の世界で、あそこから我々の彷徨が始まった……あそこで終わるのかもしれませんが、少なくとも新たなスタート地点になる可能性はある。ケルロンは、アトランティス滅亡以前に海底ドームへ転送機をもたらした——したがって転送機はすでに存在しているはずだ。いわば我々の鼻づらの先に、そう遠くはない場所に」

タチアナは笑った。

「おっしゃるとおりですわ！　ただその場合の唯一の難点は、私たちがこの牢獄に閉じこめられていて、《エクテム》やアトランティスには数百か数千のアルコン人がいて、彼らが私たちの前にたちはだかり、大喜びで私たちに銃弾を撃ちこもうとする、ということですね」

「大喜びで、というわけではないでしょうが」とクレストが応じた。「それに、物質としての銃弾ではないでしょうね……しかしおおむねあなたの言うとおりです。それでもトルケル＝ホンのアイデアが今のところ最善の策だと思いますよ。我々に必要なのは、どうすれば現状を打破できるのかという計画なのですから」

一瞬にして、有望な十数の案がクレストの頭に浮かんだ。各人が少なくとも一〇時間は眠る。銃と防御シールドを手に入れる。もっといいのは戦闘スーツだ。兵士を何人か味方につける。自分たちの重荷になるだけの病んで老いたアルコン人ではなく。

だが、希望的観測は何の役にも立たない。どう考えても、逃走は失敗に終わるとしか思えなかった。

「アトラン・ダ・ゴノツァルの帰還を待ち、何とかして注意を引くのはどうでしょうか。アトランが本当に不死である、あるいは不死を探求しているのであれば、我々が永遠の命の世界について話したことを聞きつけるはずです。我々に会いにくるでしょう」とクレストが言った。

「それについては反論せざるをえませんな」とトルケル＝ホンが応じた。「私がアルコン人ではなく、異質な存在として、あなたがたお二人よりも疑い深くすべてを見ようとしているがゆえに、こう考えるのかもしれませんが。我々は脱走を試みるべきだ。失敗したところで、少なくとも、無為に死を待つのではなく、何かをやろうとしたことにはなる。その理由がメタンズの攻撃であれ、緊急法廷に引きだされて死刑になる恐れがあったからであれ」

クレストは人差し指で目の端に分泌された興奮の涙をぬぐった。

「我々が民主的であろうとするなら、こうやって結論を出してもあなたには気に入らないでしょうね、タチアナ。あなたの意見で決めましょう」

女性テレパスは鋭く息を吸った。

「真剣におっしゃっているのではありませんよね！　私には決められません！　それに……なぜ民主的に決めなければならないんですか？　クレスト、あなたの種族は民主的に物事を決めているとは言えないでしょう。それにトルケル＝ホン、あなたも同じはずです」

「そのような社会形態をすべてのことにあてはめるわけにはいきませんからね」とクレストは認めた。

トルケル＝ホンが尾で体を支え、背すじを伸ばした。

「それに、この状況に民主主義はふさわしくありませんな。あなたがたに加勢してもらえなければ、私は一人で逃げますぞ。それで死ぬことになれば、運命と受け入れます。私の人生はヴェガ星系で終わっていたほうがよかったのかもしれませんな。あれ以来、私はやむをえず逃げまわっているだけだ」

「やむをえず？」クレストは大声を出した。思ったよりきつい口調になってしまった。この状況のために、精神的に疲弊し、全身の一〇を超える場所で痛みが静かにうずきはじめるのを感じた。慈悲深いベールがまだ痛みを隠しているとはいえ、その効果はどんどん薄れている。「ここまで来て、あなたが口にするのがそれだけだというのですか？我々は永遠の命を見つけるために出発したのです！死は、もはや、やむをえぬものではない！我々にとっては！」

「落ち着いてください！」とタチアナが叫んだ。

トルケル＝ホンがさらに大声を出した。

「本気でそう思っておられるのなら、あなたは愚か者だ！まわりをよくご覧になるがいい！この探求の旅が我々をどこに連れてきたのか、見ることだ！我々は――もう――終わり――なのですぞ！」

〝神経があらわになっている〟とクレストは考えた。あっという間に状況が悪化したことに驚いていた。自分たちは……味方だというのに。仲間だというのに。

ドアが開いた。

三人はいっせいに振り返った。

クレストは、タルツ、あるいはデマイラの姿が目に入るように願った。

だがその代わりによろめき入ってきたのは、一人のアルコン人女性だった。窮地に陥った動物のごとく、びくびくと周囲に目をやっている。自分自身を抱きしめようとするかのように、胸の前で両腕を交差させた。

違う。アルコン人ではない。ほかの種族の血もまじっている。クレストは自分の目が信じられなかった。

「ここで何をしているのですか？」クレストはぼうぜんとして叫んだ。「クイニウ・ソプトール？」

この、アルコン人の血を半分引く者は、《アエトロン》の乗組員だった。そして、クレストとトーラ・ダ・ツォルトラルとタミカと同じく、地球の月で故障して動けなくなったアルコン船が破壊された際の、わずかな生存者のうちの一人だった。その彼女がよろめきながら部屋の真ん中まで来た。一瞥もくれずにトルケル＝ホンとタチアナ・ミハロヴナのそばを素通りする。クレストにも一瞬目をやっただけで、誰なのかわからない様子だった。

黒い顔のなかの目は落ち着きなく動きつづけている。髪の毛の代わりに生えている赤錆（あかさび）色の羽毛は、まったく手入れがされていないようだ。

「クイニウ」とクレストは繰り返した。「どうしたのですか？　どうやってここへ来たのですか？」

ソプトールはまたよろめいたが、名前を呼ばれても反応しなかった。彼女の動きのひとつひとつが、罠にかかっておびえ、混乱した動物のようだった。クレストの記憶にある彼女の姿とはまるで違っている。こんな振る舞いをするとは、いったい何があったのだ？

あるいは、この女性はクイニウ・ソプトールではない？　ただ単に、あまりにもよく似ているだけなのだろうか。

〝それは、クイニウ・ソプトール本人が現れるよりも、はるかにありえない話だな〟と付帯脳がコメントした。〝俺たちと何か関係があると考えているわけでもないのに、なぜ《エクテム》の責任者がクイニウをこの部屋によこしたりする？〟

クレストは、ソプトールについて知っていることを思い起こした。アルコン人の血を半分引くこの女性は、彼の養女トーラがこの星系でおこなった探査飛行に同行した。その際に金星上空でトーラとタミカが乗る哨戒艇が砲撃を受けたのだった。クレストはその後長いあいだ、クイニウ・ソプトールが操縦していたもう一機の哨戒艇も攻撃を受けて破壊されたものと思っていた。だが違っていたのだ。ソプトールは攻撃される前に引き返し、地球に到着した。ところがクレストやトーラと合流する代わりに、謎のロボット、リコを探しだし、そのロボットとともにアゾレス諸島付近の海底ドームへ侵入すると——二人で転送機を通って姿を消した。彼女は、そのわずか数週間後にクレストたちがたどったのと同じ道へ先に足を踏み入れ……そして今、道が交差したのである。これは信じられないほどの偶然だった。それでいて当然のことのようにも思われた。そしてクレストが発した問いもまた、当然のものであった。

「あのロボットはどこですか？　——クイニウ、リコに何があったのですか？」

その言葉は彼女の心に届いたようだ。ロボットの名前が記憶を呼び覚ましたのかもしれない——彼女をこれほどまでに錯乱させた、精神的ショックをともなう出来事だったのだろう。ソプトールは振り返った。目の前のベールがはぎ取られたかのように、何度もまばたきをする。

「リィコォ」と間延びした言い方をした。「あの人……あの人は……」

それ以上は言えなかった。

再び勢いよくドアが開き、船全体に警報が鳴り響いたのだ。

10

第二の哨戒艇

タルツ・デ・テロマー

とうとうこのときが来た。

そして彼は、タルツ・デ・テロマーは、決定的なミスを犯していた。

余計な問題に気を取られてしまった。アトランが不在でも、ラルサフⅢに到着するやいなや行動しなければならなかったのだ。彼がためらったために、数千人が命を落とすことになるかもしれない。

それを防ぐには、少なくとも引き延ばすためには、直ちに攻撃に移るしかなかった。

わずか一〇光年離れた星系の無人監視機が自動警報を発した。背筋が凍りついたが、タルツは直ちに反応し、重要なステーションすべてに危険を知らせ、植民地全体の避難準備を命じた。だが船の発進許可は出さなかった。敵に発見されるのを阻止できなければ、アトランティス全土が死に定められる――まだ手遅れでないとして、だ。

不幸な偶然が重なっただけかもしれぬ。

この植民地の終焉とすべての住民の死を意味していない可能性もある。

それでも、深刻な状況になればできるだけ早く避難できるよう、準備だけはしておくべきだ。一分ごとに数十人の命が助かるかもしれないのだ。

だが、タルツは《トソマ》艦内に腰を落ちつけ、暗号化されたハイパー通信で伝えられた警報の原因を探っていた。無人監視機が発見したのは、大きな固有運動を示す赤色矮星星系内を移動する、一機のメタンズの哨戒艇であった。

先だって《トソマ》が破壊した哨戒艇を探している僚船かもしれぬ……あるいはただの偶然だろうか。この付近にあるらしき植民地の位置を正確に割りだすべく現れただけの偵察用飛行艇かもしれない。いや、大艦隊の先触れか。

あらゆる可能性を考慮すべきとはいえ、最後に浮かんだ考えが事実に近いような気がした。いや、そうだとわかっていた。アトランティスに戻ってからというもの、破滅が間近に迫っているという予感があった。そして、ついに始まったのだ。

〝星の神々よ、我らとともにあれ！〟

タルツ自身も死に定められたのだろうか。ラルサフ星系に敵の哨戒艇が現れる事態に、いや、敵の艦隊が物質化する事態に備えるべきだったのか？　あるいは、第二の哨戒艇が何らかの情報を本隊に伝える前に、殲滅すべく攻撃するチャンスを逸したのだろうか？

これまでの経験から、無闇に砲撃せずに待機すべきケースのほうが多いことはわかっている。《トソマ》の操縦士は、目標の星系へ遷移ジャンプをするコースの計算を終え、直ちに発進する準備を整えていた。

だが、まだそのときは来ていない。

〝まだ……まだだ！〟

タルツ・デ・テロマーは何度もそう考えた。受け身でいることを正当化しようとした。アトランティス全住民の安全という責任が重くのしかかっている。

思考が堂々めぐりをした。原因はわかっている。自分自身をあざむいているからだ。

目を閉じると、激しい爆撃がアトランティスに加えられる様が見えた。この街が、宇宙の片隅にあるアルコン人の誇り高い植民地が、一機目の哨戒艇を破壊した死の惑星のように滅んでいく。爆撃と破壊の嵐が吹き荒れ、大勢の住民の運命が決まるのだ。あの惑星で崩壊したのは山脈だった――だがこの世界では、爆撃の衝撃と地震のために海面が上昇して津波となり、すべてを埋めつくすだろう。

ただひとつの昼間、そしてただひとつの夜のうちにアトランティスは滅亡する。タチアナ・ミハロヴナという人間の女がそう言い張っていた。突然、その言葉が愚か者のたわごととは思えなくなった。だが、たわごととは思えなかったからこそ、あのような措置を取ったのだ。とはいえ、クノル・テル・ペルガンを別の船に配置換えし、ラルサフⅢから追いだしたところで何が変わるというのだ？　運命、天の定め、あるいは星の神々の手――何であれ、そう簡単に策を弄せるわけがない。

突然気がついて戦慄が走った。クノルはまだこの船にいる……そしてメタンズが攻撃を開始するときにも、やはりここにいるだろう。

だがそれでは何の証拠にもならぬ！　あの捕虜たちは嘘をついている！　タイムトリップも不死も存在しないのだ！

〝ご存じですか？〟

〝永遠の命の世界への道を？〟

一〇光年離れた場所から無人監視機が発する報告の波が、突如として止まった。攻撃されたのだ。付近の太陽系への窓が閉ざされた。

これ以上の証拠は必要ない。メタンズの哨戒艇は、五メートルにも満たぬ無人監視機を発見して破壊した。どんなに遅くともこの瞬間には、なぜあんなものがあそこに設置されていたのか、調べはじめているだろう。

メタンズはアトランティスを発見する。

「避難開始！」とタルッは命じた。「最優先だ」

同時に発進の合図を操縦士に出す。

《トソマ》は最高速で飛び立った。

一〇光年。

遷移ジャンプとしてはわずかな距離だ。

戦艦《トソマ》が物質化し、光速しか出せぬ艦載撃墜機が飛びだしていく。

攻撃以外に道はなかった。哨戒艇を直ちに破壊することに希望をかけるしかない。メタンズの艦隊へ報告を送れぬよう、急襲するのだ。

すでに、無人監視機の発見と同時に報告していた可能性もあるとはいえ。

だが希望は——言うなれば——すでに潰えていた。タルツは都合のいい作り話など、とうの昔に信じなくなっている。

前回、一機目の哨戒艇を追撃していたときから、状況は決定的に変化していたのだ。今、メタンズは攻撃を想定しているはずだ。すでに回避飛行をおこなっている。

飛びだした撃墜機だけでなく、《トソマ》も攻撃に移り、猛スピードで逃げる哨戒艇を砲撃した。敵のパイロットは間一髪で回避する。一機目の哨戒艇と同じ戦術を選んでいるようだ。名もなき天体で、崩壊する山脈の下敷きになり粉砕されたあの機体と。今、敵の哨戒艇は赤色矮星の惑星に向かっている。生き延びられる世界に。

だが前回とは違い、敵の哨戒艇は加速を続けている。ハイパー空間へ跳びこむつもりなのだ。大胆に惑星付近の衛星上空数キロをかすめると、瞬時にコースを修正し、大気のない衛星の表面ぎりぎりを飛行する。遠くから見れば、草木の生えぬ月の表面をうろつく虫のようだ。

《トソマ》の撃墜機が砲火を浴びせた。エネルギー斉射が衛星の表面に穴を穿つ。真空で音のない爆発が起き、土埃や岩石の塊が数キロもの高さに吹き飛んだ。アルコンの搭載艇が一隻、突如目の前に現れた瓦礫の山に突っこんだ。パイロットは方向感覚を失ったのだろう、取り返しのつかぬミスを犯した。搭載艇は衛星の表面で爆発し、荒れ狂った炎はすぐに消えた。あっという間のことだった。

失われた乗組員のことを考える時間は一瞬たりともない。タルッは自ら《トソマ》を繰り、敵の哨戒艇の先回りを試みた。成功すればはさみ撃ちにできる。

《トソマ》が数光秒の距離を超光速で越える。タルッは船を立てなおし、現在地を確認した。大胆かつ無謀なプランはうまくいった。

メタンズの哨戒艇は、アルコンの撃墜機に追われながら《トソマ》へ一直線に向かってきている。惑星が敵機の背後にあった。青緑色の円盤の上端から、きらめくオーラのように赤色矮星の光が現れた。

〝夜明けだ〟とタルッは考えた。〝だが、おまえたちの夜明けではない〟

タルッは砲撃した。斉射が哨戒艇の防御シールドを襲う。砲火のエネルギーの一部を吸収し、一部をそらし、防御シールドが閃光を発する物体に変化した。《トソマ》の撃墜機も攻撃に加わり、砲火を命中させる。

一瞬、タルツははてしない安堵を覚えた。あと数回も呼吸するうちに、防御シールドは負荷に耐えきれず破裂するだろう。哨戒艇に勝ち目はない。

これから何が起こるのか明白だった。再び災禍を回避できたのかもしれない。あの哨戒艇が、無人監視機を発見した直後に本隊へ報告しなかった可能性もある。

メタンズの哨戒艇が消えた。

だが、防御シールド崩壊のためでも、機体がバラバラになったからでもない。破壊される直前にハイパー空間へ跳びこんだのだ。

《トソマ》の司令室は静まり返った。それが何を意味するのか、乗組員の全員が理解している。タルツ・デ・テロマー自身も。タルツは、願望に身を任せた愚かな老いぼれと自らを叱責した。もはや幻想を抱くことはできない。メタンズは間もなく戻ってくるだろう。しかも圧倒的な数で。大艦隊がアルコン人の抵抗を叩きつぶそうと待ちかまえている。

アトランティスの滅亡は決まった。

タルツはラルサフⅢの植民地と通信をつないだ。

「避難を進めろ！」声が裏返りそうになる。「急げ！」

撃墜機には待機を命じ、《トソマ》をラルサフⅢに向かわせた。状況が許せばすぐに迎えにくるつもりだった。収容してから発進したのでは時間がかかりすぎる。最後の最後まで植民地の防衛にあたらなければ。できるかぎり多くのアルコン人を避難させるのだ。船団のすべての船を思い出して悪寒が走った。逃げ遅れれば全滅するだろう。船内には数千の民間人がいる。

《トソマ》はラルサフⅢの上空で物質化した。

その直後、ハイパー空間から円筒型の戦艦が現れた。五隻。一〇隻。二〇隻。

〝これで、終わりだ〟

タルツは考え、攻撃を命じた。

11

避難

クレスト・ダ・ツォルトラル

兵士たちが居室に駆けこんできた。

「一緒に来い！」と兵士の一人が叫ぶ。

まだ警報が鳴り響いている。神経をさいなむ音だ。ごくゆっくりとしか弱まっていかない。これが何を意味するのか、クレストにはわかっていた。一万年後のアルコン戦艦と音こそ違えど、意味は誤解のしようがなかった。攻撃を受けているのだ。

「何が……」とトルケル＝ホンが口を開いた。

兵士は最後まで言わせなかった。

「メタンズの攻撃だ！　植民地の避難が始まった。おまえたちはさらに厳しい監視下に置かれる」

「監獄に入れられるのでしょうな。そのあいだに……」

「ただ念のためだ」また兵士がさえぎった。「ほらついてこい、さもなくば痛い目に遭わせるぞ！」

「あなたのお話は、ご自分でお考えになっているほど安心させてはくれませんわね」とタチアナ・ミハロヴナが辛辣に言った。

「心配するな！　攻撃など、我々の戦艦がはね返す」

クレストは二人の仲間と意味深長に視線を交わした。

〝できるわけがない〟

つまりこれは、アトランティス滅亡の始まりなのだ。

クイニウ・ソプトールもそうとわかったようだ。

「逃げないと」とソプトールがささやいた。クレストでもどうにか聞き取れるくらいの、ごく小さな声で。声はかすれ、そのまなざしは、あいかわらずひっきりなしに部屋のあちこちを見ている。彼女に何があったのだ？　そしてリコはいったいどうしたのだろうか。信じられぬほど高度に発達したテクノロジーの産物である、あのロボットは？

「逃いぃげてぇ！」ソプトールが間延びした調子で言った。

だが、逃げられる見込みはなかった。死の病に冒された高齢のアルコン人と、疲れきった人間の女性と、アルコン人の血を半分引く正気を失った者と、己が種族で兵士としてではなく賢者として知られているトプシダーの四人が、武装した六人の宇宙軍兵士を相手に何ができるというのだ？

「行くぞ！」

兵士が誤解の余地のない態度で光線銃を抜き、通路へ続く開いたままのドアを指した。外には銃を手にした兵士がもう三人立っている。

その直後、少人数の捕虜グループは細い通路を進んでいた。戦ったところで勝ち目のない兵士に見張られながら。通路の交差点で壁に設置されたディスプレイが光っていた。かなりの上空からアトランティスを撮影した映像が表示されている。外部カメラの最新映像が中継されているのだろう。

簡素ながらも堂々たるアトランタワーがすべての上にそびえていた。先端のガラス製ピラミッドで光が屈折している。少し小さなものがそのすぐそばを猛スピードで通りすぎ、煙をあげるすじを残した。黒い線が空にかかる。爆弾が湖に落ち、爆発した。波が高く上がる。瞬時に大量の水が蒸気と化した。土砂と岩石が煮えたぎる噴水となって続き、火がついた木々も一緒に舞いあがった。心霊現象のようにゆっくりと空中で渦を巻く。

先導していた兵士はその場で凍りつき、ディスプレイを凝視した。

クレストはすぐに気づいた。逃げるチャンスだ。この兵士と同じ過ちを犯してはならない。

〝目にしたものに気を取られてはならぬ。どれほど恐ろしい光景であろうとも。まだ始まったばかりなのだ〟

ディスプレイの映像が変化した。カメラが角度を変えたのである。アトランティスの門の前の海が映る――そして、上空。

空は、宇宙船で埋めつくされていた。

アルコンの戦艦や小型搭載艇の編隊が位置につき、植民地の防御壁となるべく防衛線を張っていた。そこに敵の艦隊が対峙している。正確な数はわからないが、攻撃者を退けようとするアルコン人の船をはるかにしのぐ数だ。

「メタンズの船が八〇隻」兵士の一人が息をつまらせて言った。絶望した子どものような声だ。「そのうえまだ来る！」

クレストは誰かが腕に触れたのを感じた。タチアナだ。〝逃げましょう！〟

〝心づもりをしてください〟と集中して考えた。

最初の砲撃戦がアトランティスの上空を燃えあがらせた。メタンズの船が一隻、防衛線を破って街に突進する。その船が砲火を開き、いくつかの建物が爆発に消えた。次の瞬間、敵の船は真っ二つになり、燃えながら深みへ落ちた。しぶきを上げて海に、すでに沈んでいたもう一隻の残骸のそばに墜落する――その船が最初に湖で炸裂した爆弾を投下したのだろう。

クレストの目の端で、突然ソプトールが動きを見せた。愕然としている兵士の背後に立ち、慣れた動きでベルトから光線銃を抜き取ったのだ。銃を盗まれた兵士は何ひとつ気づかぬまま、金縛りに遭ったかのように、世界の破滅の開始を告げる恐ろしい映像を凝視していた。

ソプトールが素早くわきの通路に身を隠したその瞬間、トルケル＝ホンが戦闘ロボットと化した。一人目の兵士の顔に拳を食らわせ、二人目の足を尾ですくった。手品のように三人目の手から銃を奪い、発砲する。兵士がもう一人床に倒れた。

タチアナも同時に攻撃へ移った。ぼうぜんとしている兵士が状況を把握できずにいるうちに、ソプトールも戻ってきて素早く発砲し、命中させた。二回、三回。

銃が麻痺モードになっていることに気がついて、クレストは安堵した。これからの数時間で、じゅうぶんすぎるほどの死者が出るはずだから。

突然、無事だった兵士の一人が背後からクレストをつかみ、腕で首を絞めると光線銃の銃口をこめかみに押しつけた。

「すぐにやめろ！　おまえたちは……」

「愚かなことはおやめなさい」とクレストは言った。どこからかかき集めた冷静さなのだと、自分でも驚きながら。「何が起きているのか、見ていなかったのですか？　我々は危険分子ではない！　真の敵は外で待ちかまえていて、今にも突入してくるでしょう。我々にかまうのはやめるのです！　あなたがたは避難の手助けをするべきだ。できるかぎり多くのアルコン人の命を救いなさい！」

「我々は誰も殺していない」とトルケル＝ホンが言いそえた。「我々は命を尊重するからだ。不可避な理由もなく命を奪うトプシダーはおらぬ！　あなたがたは自分の同族を助け、彼らが死ぬことのないよう手を尽くすべきだ！」

クレストの首を絞めていた腕が緩み、光線銃の銃口が消えた。兵士に背中を突かれ、老アルコン人は前へよろめいた。

「行け、年寄りのアルコン人。そして生き延びろ、俺たちのようにな！」

クレストはうやうやしくお辞儀をした。

「あなたがたも生き延びられますように」

次の瞬間、兵士たちは走り去った。

クレストたちは、《エクテム》の船外に出なければならない。搭載艇を奪取するのだ。彼らの目的地はアトランティス、いやアトランティスの門と言うべきか。そう、転送機が待つ海底ドームだ。

彼らは走った。

背後でフェルティフの家が燃えている。すでに、漏斗状に広がった上方の縁、三分の一が消えていた。廃墟から高く煙が上がっている。その奥で大きな浴室が口を開き、広い浴槽の水が、降りそそぐ灼熱の火花を受けて蒸気と化していた。

いつしか息を切らして立ち止まった。グライダーが上空を飛び交っている。空ではエネルギーの閃光と明滅する防御シールドが鬼火のように光っていた。だがアトランティスの破壊はまだ抑えられている。アルコン戦艦の防衛線を破るメタンズの船はごく散発的で、成功しているのは敏捷できわめて小さい搭載艇だけだ。メタンズの戦艦がただの一隻でも至近距離から全力で砲撃すれば、どんなことになるのか想像もつかない。とはいえ、間もなくそのような事態も訪れるのだろう。

執政官フェルティフ・デ・ケムロルにはわかっていた。今目撃しているのは、自分の街をめぐる最後の戦いの、幕開けなのだ。はっとして周囲を見る。

「ディーラ」と言った。

彼女は上衣の前をかき寄せた。崩れかけた家から逃げるときに慌ててはおったものだ。

「わかってる」と小声で言った。「これが、あなたの話していた戦争なのね」

フェルティフは、ディーラの部族の敵が手にしていた剣を目の当たりにした。あれはこの世界の真の蛮人だった。そして、彼女の仲間の喉の傷を、骨まで達していた肩の裂傷を目にした。恐ろしい怪我であり、残忍な戦争だった——だが、アルコン人とメタンズが戦闘で引き起こす破壊とは比べものにならない。星々のあいだを旅しているというだけで、ここの人間たちよりどれほど進歩しているというのだ？

フェルティフは記憶のなかの映像を追い払った。生き延びたければ、そしてディーラにもこの破滅を切り抜けさせたいと願うなら、今この瞬間に集中すべきだ。アトランティスを離れる宇宙船のひとつに彼女を乗せるつもりだった。そのあとで自分に何ができるかはわからない。植民地を守る戦艦はすでに軌道上にあり、数で上まわる敵と対峙していた。

「ついてこい！」

フェルティフは走りはじめた。宇宙空港へまっすぐに続く道は、湖のそばを通っている。やがてアトランタワーの陰になっているレクリエーション地区に近づくと、息を呑んだ。

湖はもはや存在しなかった。爆発がこの地区の大半を瓦礫の山に変えていた。湖に残った水は破壊の狭間を抜けて海に注いでいる。奇跡のようにもちこたえている鶴の形のプラットフォームとアトランタワーのあいだで、深い亀裂が口を開いていた。崩れていく急斜面に、幾人ものアルコン人が身動きひとつせず横たわっている。

フェルティフはディーラの手を取って引き寄せた。煙を上げる樹木のそばを通りすぎる。

一本の木の樹冠が燃え、パチパチと音を立てながら火花を飛ばした。崩れた岸辺の道を通ったときには、一歩進むごとにフェルティフの足がくるぶしまで泥に埋まった。巨大な波が海から押し寄せて、土砂ごと打ちあげたのだろう。引ききれない水が数センチの深さで残っている。

彼らは先へ進んだ。宇宙空港へ向かう数十人のアルコン人の波に合流する。遠い爆発の轟音が耳に響く。爆風は殴打のようだ。何かが裂ける音が耳の奥で響いた。残響が小さな爆発の連続によって強められていく。

叫ぶ群衆の視線を追った。空に火の玉が生じ、そこから煙を上げる金属の塊が猛スピードで落下した。空の炎はおさまり、黒い雲の真ん中で暗く赤熱するだけになった。破片のひとつが岸辺の草原の端にある建物へ向かう。屋根を砕き、正面の壁から飛びだして地面に深く穴を穿った。

ディーラの腕をつかんだまま、フェルティフは先を急いだ。前方に一人の女性が横たわっている。水たまりに頭を垂らして。左腕はなくなっていた。

先へ。

ただ、先へ。

慌てふためいた群衆に囲まれながら、二人は離着陸場に着いた。兵士たちが混乱のなかで、場当たり的とはいえ整然と避難させようと手を尽くしている。避難計画がうまく機能し——軍は、一人でも多くの植民地の住民が船に乗りこめるよう、努力していた。

ある兵士がフェルティフに気づいたらしく、遠くから合図をして最大級の搭載艇に向かわせた。ディーラも無言でついてくる。

ところがタラップの前で、ある人物が待ちかまえていた。

コソル・テル・ニーダルが、フェルティフの前に立ちふさがる。

「ずいぶん前からあなたの姿は確認していました、執政官。ここに来るとわかっていましたので」

「ならばそこをどいて我々を通してくれ。それから……」

「通しません」フェルティフの副官が口をはさんだ。「あなたはお乗りください。しかしあなたの愛人は通せません。この女がアルコン人の席を奪うなど、認めるわけにはまいりませんので」

「馬鹿なことを！　そんな話をしている暇はないだろう！」

コソルは光線銃を抜いた。

「今は戦時中なのです、執政官！　あなたがその地位にふさわしくないと判明すれば、私があなたを解任し、なされるべきことを実行するまでです」

冷静で明瞭な声だ。フェルティフの自宅で見せた、怒りのあまりの激昂（げきこう）など感じられない。

「メタンズが攻撃しているのだぞ、コソル！　自分が今、何をしているのか、よく考えろ。もっと重要なことが……」

コソルが銃口を上げ、フェルティフに向けた。

「フェルティフ・デ・ケムロル、あなたの副官として、これをもって、植民地アトランティスの執政官としての地位をあなたから剝奪（はくだつ）します。下がりなさい。すぐに！」

数秒間、フェルティフは言葉を発することができなかった。なすすべもなく両手を挙げる。

「本気で私を射殺し、メタンズの仕事をひとつ減らしてやろうというのか？」

「違います」コソル・テル・ニーダルは銃身を横へやり、銃口をまっすぐにディーラの頭へ向けた。「あなたは危険分子ではありません、フェルティフ」

フェルティフは瞬時に跳びあがり、ダゴールのわざを放った。何かが折れる音がする。コソルの前腕だ。光線銃が力を失った手から落ち、宇宙空港の地面に叩きつけられた。フェルティフが銃を蹴り、遠くへ飛ばす。

コソルは痛みの叫びをあげ、折れた腕を体に引き寄せながらフェルティフの下半身に膝蹴りを入れた。フェルティフはうめきながら体を丸め、コソルのゆがんだ顔を見て……。

……両手を挙げ、抵抗の意志はないと伝えた。

「我々は二人とも過ちを犯した。もう我々のことはどうでもいいし、何らかの命令や指針を問題にしている場合でもない。今重要なのは、できるだけ多くの者が生き延びることだけだ」

コソルの折れた腕が震えた。左手で折れたところを押さえている。目から涙があふれた。

「あなたの言うとおりです。どうぞお乗りください。お二人とも。もう時間がありません。軍は今、救える者を救わなければ」

フェルティフはコソルと目を合わせた。

「おまえが生き延びて、いつかまた会えるように願っている」

フェルティフはディーラを振り返り――彼女の背中を目にした。

「どんなことがあっても、私はこの星々の船には乗らない」

彼女は振り向きもせずに走りだした。宇宙空港の端に向かって。

デマイラ・オン・タノス

防衛戦に参加しないなど、耐えられるものではなかった。《エクテム》を戦闘に投入し、《トソマ》船内のタルツ・デ・テロマーの指揮のもと、防衛線の補強に回れと、デマイラのなかのすべてが駆り立てる――だが彼女には別の任務があった。

デマイラは自分の船団の船を守らなければならない。すべての船が最大積載重量をはるかに超える避難民を受け入れていた。各船の司令官が次々に隔壁を閉じる。絶望したアルコン人をタラップに残して。

デマイラは、その様子を司令室の一〇を超えるホロの画面で追った。通信でもさらに情報が入る。発進準備を見守りながらも、ラルサフⅢ周辺の宇宙空間の状況を示す周辺戦略ホロへの注意は怠らない。

だが、たった今入った通知に気を引かれた。発信者はタルツ・デ・テロマーその人だ。遮蔽された周波数で通信を受ける。

「おまえの行為は正しかった、司令官」とタルツが言った。

「何のことでしょうか？」

「あの三人を救助したことだ。あれは正しかった。あの三人がまだおまえの船内にいるのなら、生き延びられるように手を尽くしてやれ。わかったか、デマイラ？　本来ならば、私はこの植民地を後にし、メタンズが破壊するに任せなければならない——命令では、その時点で自軍の数が勝っていることが明白な場合にのみ、メタンズと開戦せよとされている。我が種族の勝利に疑問の余地がない場合にのみ、なのだ、デマイラ。本来ならば撤退し、おまえの船団とアトランティスを見捨てなければならない。しかしそんなことをするつもりはない。おまえがその手本を見せてくれた。だが、それゆえに私はおまえを侮辱した。許してくれ！」

デマイラの両手が震えた。

「タルツ、私は……」

「おまえはおまえの道を行くのだ、デマイラ。おまえの船団とともに脱出し、振り返るな。私がメタンズの相手をし、アトランティスを守る。敵がおまえたちを追わないように、手を打つ」

「あなたは立派なかたです、タルツ」

「愚かな老いぼれだよ」とタルツは訂正した。「人生の最後にまたひとつ重要な教訓を学んだ者だ。船団を無事に逃がすのだぞ、オン・タノス司令官。そしてあの三人にできるだけのことをしてやれ。おまえの命は数千のアルコン人の命と同じく重いのだ。一人が欠けても天秤のバランスが崩れるのだからな。星の神々がおまえとともにあらんことを！　いつかおまえが第二の任務も果たせるように祈っている。アトランが見つかるようにな。そして、私の最後の挨拶を伝えてくれ」

通信が切れた。

デマイラはホログラムを見た。《トソマ》が砲火を浴び、自らも砲撃する様が映っている。敵は宇宙空間に潜むのをやめ、戦闘はすでに始まっていた。だが彼女は、デマイラは、最後まで見届けることはできないだろう。

最新の報告によれば、船団が発進できるまであと一〇分弱。デマイラは部下と通信をつなぎ、救助した三人をさらに厳しい監視下に置くよう、指示を出した。

12

ただひとつの昼間――そしてただひとつの夜

破滅の斜光

すべて伝えた。

戦闘の嵐が吹き荒れている。タルッ・デ・テロマーは今、《トソマ》だけでなく防衛線全体を指揮していた。相手は九〇隻のメタンズの船。そのうち八隻はすでに破壊した。敵はこちらの倍の戦力を有している。アルコン人側が勝つ見込みはない。

だが、タルッはあきらめていなかった。戦争とは、理論や単なる戦略だけからなるのではなく、もっと別の……感情も鍵を握っているからだ。タルッは敵に防衛線を突破させぬと決意していた――船団がまだラルサフⅢにいるあいだは。だからこそ時間を稼ぎ、メタンズと距離をおいては反撃する、を繰り返していた。

《トソマ》のすべての搭載艇が格納庫を離れている。戦闘機となり、激戦に身を投じていた。

そのような戦闘機のひとつを、クノル・テル・ペルガンが指揮していた。タルッがそう命じたのではない。突然の激戦ゆえに、乗組員が能力に応じて配置についた結果そうなったのだ。デマイラと通信で話す直前にクノルの名を目にして、すぐに理解した。それが何を意味するのかを。そして、運命の曲がりくねった道筋を。こうなれば、クノル・テル・ペルガンが生き延び、緊急着陸するなどして植民地に取り残される可能性は、じゅうぶんにある。救助された三人が言い張っていたように。

タルッはそれを阻止しようとした。だが失敗した。

〝すでに時の流れに書きこまれているからだ〟

まさに、アトランティスが滅亡するという避けられぬ事実と同じく。

だが、まだそこまでは行っていない。

どんな種族の者であれ、タルッ・デ・テロマーほど武力衝突を経験してきた生ける存在はない。戦争にはうんざりしていたが、その本質も理解していた。宇宙での戦闘がどのように展開するのかわかっているし、考えられるかぎりの攻撃防衛戦略も頭に入っている。敵のミスは、ごく小さなものでも何ひとつ見逃さない。メタンズは数で勝っているかもしれないが、奴らは自分たちの優位を過信している。それこそが、タルッに利用できる敵の決定的なミスだった。

タルツは《トソマ》を移動させ、ほんの一瞬だけアトランティス防衛線に思わぬ穴があいたかのように見せかけた。敵が馬鹿者のように押し寄せ、仕掛けた罠にまんまとはまる。宇宙空間が沸騰し、砲火はすぐにおさまった。メタンズの船が一二隻消え、味方の搭載艇が四隻失われた。

ところがアルコンの戦艦、八〇〇メートル級の《ダラミス》が、炎を上げるメタンズの撃墜機と衝突した。敵のパイロットは自分の最期を悟り、死力をふりしぼって機体を強力な砲弾に変化させたに違いない。敵の撃墜機が外殻部を突き破って心臓部まで穴を穿ち、《ダラミス》の上半分が爆発の連鎖に消えた。船を覆う外被が裂け、巨大な船体は傾き、次の瞬間には青く炎をあげるエネルギーの嵐に消え去った。

タルツは作戦を指揮した。船団の第一陣が発進する頃には、敵味方の形勢は逆転していた。アルコン側三八隻に対し、メタンズの船、三六隻。

クレスト・ダ・ツォルトラルは、おそらく仲間たち以上に驚いていた。

「私たちは運がいいのですね」

四人で搭載艇の格納庫入口へ急ぎながら、タチアナ・ミハロヴナが言った。クイニウ・ソプトールは無言で彼らについてきている。兵士を制圧する手助けをしてからというもの、ずっと黙っていた。

「邪魔が入らずにここまで来られたからですか?」とクレストが尋ねた。「幸運とは違うと思うのですが」

「とにかく、しっかりとした逃走計画を立てていたわけではないのですから」タチアナは自分の考えに固執した。「幸運でなければ何だとおっしゃるのですか? 私たちがうまく立ちまわったから、というわけではないでしょう——この船の全員がメタンズの攻撃で忙しくしているせいかもしれません」

「我々に関わりたくないから道をあけたのかもしれませんな」とトルケル=ホンが言った。

「我々の重要性がきわめて低いからでしょう」

この考えにもクレストは納得できなかった。格納庫に続く通路が目の前に開ける。

「それ以上の何かがあると思います。脱走者が戦闘中に、兵士やロボットや自動防御システムに捕らえられることなく、アルコンの戦艦全体を横切れるとは思えません」

「そのとおりだ!」

その声を発したのは、宇宙軍の制服を着た女性だった。彼女は四座グライダーの前に立っていた。機体には《エクテムXXXII》とある。

「おまえの鋭い頭脳におめでとうと言わせてもらおう、老アルコン人」

クイニウ・ソプトールが、無言のまま、奪った光線銃を女性に向けた。

女性は身を守るように両手を挙げた。

「司令官が私に、おまえたちを守り、考えられるかぎりのあらゆる方法で支援せよと命じていなければ、おまえたちはとっくに死んでいたのだぞ。だから銃を下ろせ！」

クレストはソプトールにうなずいた。ソプトールが従う。

「簡単に言えばだな」と女性兵士は続けた。「私がおまえたちに道をあけてやり、誰とも会わぬように手を回したのだ。誰かと顔を合わせれば、直ちに誤解が生じかねないからな。音声センサーがおまえたちの会話を記録していた。おまえたちが……脱走してから」

「私たちが何をするつもりなのか、知っていたのですか？」とタチアナが尋ねた。

「我々が何も知らずにおまえたちを生かしておいたと、本気で考えているのか？」女性兵士はグライダーを指した。「それでは私についてこい。これでアトランティスまで送ってやる。この状況であんなところに行くなど、愚行としか思えんがな」

クレストには、何が起きているのかほとんど理解できなかった。

「なぜ我々を助けてくれるのですか？」

「言わなかったか？　司令官が私にそう命じたからだ」

「しかし、なぜデマイラ・オン・タノス司令官は……」

「通常、司令官が何かを命じるときに背景を説明することはない。どうなのだ、私はおまえたちを下へ送っていけばいいのか？　送らなくていいのか？」

トルケル＝ホンが最初に口を開いた。

「送ってください」

その直後、彼らは戦艦の外に出た。《エクテム》は低い高度で惑星上空に浮かんでいた。船団の第一陣が浮上し、轟音をあげて宇宙に向かった。街の一部が燃え、数十隻の船が空を暗くしている。軌道上の爆発が遠くまで反射し、陰鬱な大気圏全体を光らせた。

「ひとつだけ教えてくれ」と女性兵士が言った。「すべての星の神々にかけて、なぜあんな地獄に戻ろうとする？」

「船団は、我々をラルサフⅢから連れだし、大帝国の心臓部まで連れていってくれるでしょう。しかし、我々がこの世界で探しているものは、あまりにも重要で、捨てておくわけにはいかないのです。我々は手がかりを発見しました。そして、どんなものであろうとも、我々がその手がかりを追うのを止めることはできないのです」

「たとえ死であろうとも？」と女性兵士が尋ねた。

「たとえ死であろうとも」と、クレストは応じた。

いつしかフェルティフ・デ・ケムロルは、逃げるディーラに追いついていた。肩をつかんで止めるまで、彼女は一度も振り返らなかった。

ディーラは勢いよく回れ右をし、殴ろうと片手を上げた。腕で殴打をかわされ、混乱してフェルティフを見すえる。汗と涙が彼女の顔を伝い落ち、上衣の布が胸や肩にはりついていた。

「私についてきたの?」

「なぜ宇宙船に乗りたくないのだ?」

彼女は重苦しく息をした。

「本当にわからないの? フェルティフ。怖いからだと思ってる?」

「怖い? 考えただけでも笑ってしまいそうだな」

「よく考えてみたの。私は別の人生に足を踏み入れた。あなたの人生に。それは、別の戦争につながっていた」

地面が揺れた。近くで爆弾が炸裂したのだ。熱が吹きつける。宇宙空港の管理棟のひとつが燃えあがり、ガラス張りの前面が砕け散った。爆風がそばにあった二座浮遊機を捉え、風に舞う木の葉のごとく吹き飛ばす。機体は宙返りして地面に激突し、横滑りした。火花が舞う。

ディーラが額の汗をぬぐった。

「やってみたけど、これ以上はできない」

「そんなことはしなくていい」とフェルティフは応じた。「その代わりに、私がついていこう。おまえが自分の世界に戻るなら」

「なぜ?」

彼女が走り去ったとき、突然わかったのだ。フェルティフ自身が、あの瞬間に彼女があきらめたのと同じことを、長いあいだやろうとしてきたのだと。つまり、ふたつの世界で生きるということだ。ディーラはその賢さゆえに、そんなことは無理だとすぐに気がついたのだ。そして彼は、フェルティフは、これからの日々をどの世界で過ごしたいのか、あの瞬間にはっきりとわかった。宇宙船は自分を大帝国へ連れ戻すだろう。戦争へ、そして、鎖で縛られやがて確実な死へと追いやられる社会へ——帰還の途上で、あるいはそれからの数週間や数カ月で、アルコンの軍事規則やしきたりのために、魂がゆっくりと窒息死することだろう。

「なぜ?」ディーラが再び尋ねた。

「生きるためだ」

フェルティフはひと言だけ返し、今度は自分が先に立った。自宅に戻るつもりだった。

だが、瓦礫から何かを掘りだすためではなく、そこから森へ安全に行ける道を知っていたからだ。

アトランティスを去る。戦闘と激しい爆撃から離れて。

破滅の斜光

アルコンの搭載艇が一隻、猛烈な爆発とともに消えた。他方、この絶望的な戦場の違う場所では、《トソマ》がメタンズの四〇〇メートル級戦艦に砲撃を加え、防御シールドを破ると巨艦を爆発させた。最後の瞬間に四つの救命カプセルが放出されたが、十数回の砲撃ののち、すべて消え去った。

タルツ・デ・テロマーは戦闘指揮ステーションに目をやった。無謀な男クノル・テル・ペルガンの指揮する搭載艇《トソマII》が、考えられぬ荒々しさでメタンズに襲いかかっている。クノルは命知らずなコースを取り、どの船よりも多くの砲撃を命中させ、自らは何度も、すんでのところで破滅をまぬがれていた。

〝あの男は運がいいのか？〟とタルツは考えた。〝それとも、あの男とアトランが生き延びるという、前もって定められた運命のためか？〟

アトラン――ここにいてくれれば、と心の底から願った。戦闘の経験豊富な指揮官がそばにいればと。だがそのいっぽうで、皇帝の息子がここにいなくてよかったとも思った。……だからこそ生き延びたのであろうから。謎めいたあの三人の言葉を、タルツはもはや疑っていなかった。永遠の命は幻想ではない……あるいは、メタンズがいなければ、慈悲を知らぬ殲滅戦争がなければ、幻想ではなかったのだろう。彼には、タルツには、そこへ至る道を探す時間は残されていなかった。

ふと何かに気を引かれた。慎重な司令官ケルブ率いる重巡洋艦《イギタ》が、鉄の防衛線からにわかに離脱している。外側の惑星へ突進し、ギザギザに不可解な飛行をして、ありえない方向転換とともに敵の砲撃をかわした。

「ケルブ！」タルツは通信機越しに司令官に呼びかけた。「どうした？ ケルブ！」

返事はない。そのあいだに《イギタ》は短距離遷移をし、第六惑星に向かった――正確には、第六惑星をめぐる氷の衛星に。重巡洋艦が突然、タルツが見たこともない光の嵐に包まれた。青、黄色、緑、そしてまばゆい白と、エネルギーの模様が外被の表面で鬼火のように躍っている。

「何かが……何かが起きました！」ケルブの声がいきなり司令室のすべてのスピーカーから鳴り響いた。「信じられないことです！」

「ケルブ！ 説明せよ、あるいは戻っ……」

「使者が現れました！」《イギタ》の司令官は状況を把握できていないようだ。そのあいだにも再び閃光が船の表面で躍り──あるいは、船内から発生しているのか？「これは……」

通信が切れた。閃光の嵐が、過剰な負荷がかかった防御シールドの光輝と重なる──六隻のメタンズの船が《イギタ》に砲火を浴びせたのだ。

重巡洋艦に勝ち目はなかった。数秒間、ケルブは逃げようとしたが、防御シールドが崩壊し、むきだしの外被を敵の斉射が襲って引き裂いた。タルッは両手で拳をつくった。なすすべもなく、方位探知の鮮明な表示を追うしかなかった。《イギタ》は炎をあげて氷の衛星に墜落し、表面に激突すると、灼熱した船体が氷を融かして深みへ沈んだ。

メタンズの編隊が反転した。奴らにとってはあまり意味がないであろう出来事に背を向け、第三惑星の主戦場に戻ってくる。

タルッは奇妙な出来事を意識から追いだした。あとでよく考えればいい──あとで、があれば。今はもっと重要なことがある。メタンズの船が一隻、大破しながらも防衛線を突破し、アトランティスへの砲撃を続けていたのだ。

《トソマII》がその船を猛追し、砲火を加えてコースをそらそうとした。アトランティスの街に墜落させてはならない。あそこにはまだ多くのアルコン人がいる。

その敵船はクノル・テル・ペルガンに任せ、タルッは全体の概要を把握しようとした。

残るメタンズの船はごくわずかだ。この戦いには勝ったも同然だった。メタンズの残存船が突然、編隊を組んで逃走を始める。

《トソマ》の司令室で歓声があがった。だがタルツはそれに加わる気にはなれなかった。わかっている。まだすべてが終わったわけではない。

〝ご存じですか、永遠の命の世界への道を？〟

いいや、そんなものは知らない。

そして絶対に、その道をたどることはできないだろう。今、わかりすぎるほどわかった。メタンズの第二の艦隊がこの星系で物質化したのだ。新たな九〇隻の船。疲弊したアルコンの防衛艦隊には対抗できぬ、圧倒的な数だ。

終わった。

決定的に。

破滅の斜光

クレスト・ダ・ツォルトラル、タチアナ・ミハロヴナ、トルケル＝ホン、そしてクイニウ・ソプトールの四人は、デスゾーンを走り抜けていた。グライダーを操縦した女性兵士は、海底ドームの近くで彼らを降ろすことができなかったのだ。その付近一帯で戦闘があり、グライダーが突然砲火にさらされたためだ。

選択肢はふたつにひとつだった——街の周辺部で素早く降りるか、《エクテム》に戻るか。

四人は難なく決断を下した。空中に響く悲鳴は、どこに行っても聞こえるような気がした。絶え間ない爆撃で建物が崩壊する。大地が裂けた。数メートルもの高い波が岸を越えて押し寄せ、瓦礫の原を驀進し、アトランタワーの巨大な壁にぶつかってしぶきを上げた。

クレストは、ラルサフⅢをはじめてホロで見たときに、幾多のプラットフォームを備えた鶴のような構造物と、銀線細工のような土台に目をとめていた。それが今、炎を上げ、鶴の頭と、大きく広げた翼が崩れ落ちた。はるかな高みから、燃えさかる炎のなかから、一人のアルコン人男性が身を投げた。

「クイニウ！」

クレストはソプトールに大声で呼びかけた。彼女は歩を緩め、催眠術にかかったかのごとく、身の毛もよだつ出来事を凝視していた。哀れなアルコン人男性は地面に叩きつけられた。あの高さから落ちたのだ。生き延びることはできなかった。

「我々は岸のそばの海底ドームに行かなければなりません！　急いでください！」

「リコ」と、ソプトールはこの場にまったくそぐわぬ返答をした。

ソプトールはなおも正気を失っていて、明瞭に思考することもできず、生きているだけなのか？　それとも、何か重要なことを伝えようとしているのだろうか。

「あのロボットがどうしたのですか？　どこにいるのです？　我々を助けてくれるのですか？」

　リコは、想像を絶するほど高度に発達したテクノロジーの産物だった。破壊され、その後自己修復によってスクラップの塊から自動的に再生した。ひょっとしたら、転送機と同じルーツを持つのだろうか。ソプトールは再会までのあいだに多くを知り、つながりを見抜いたのだろうか。

　だが今の彼女は、多くを語ることができない。

　二隻の船が空から落ちてきた。猛スピードで街に向かう。互い違いにきりきり舞いし、絶え間なく砲撃しあっていた。砲火のひとつが外れ、クレストのわずか数メートル前の地面を切り裂いた。エネルギー線が土に深く食いこむ。赤熱して液化した岩石が飛び散り、防波堤が湾曲してクレストの足もとをすくった。老アルコン人は激しく転倒してもんどり打ったが、しっかりとした手がつかんで引き戻してくれた――タチアナだ。

　クレストは、なおも石のように落下している二隻の船を凝視した。あれが地面に激突して爆発すれば、街の半分が粉砕されるだろう。背中を冷たいものが走る。腕で体を支え、上体を伸ばした。二の腕の筋肉が震えている。

その二隻は——アルコンの搭載艇とメタンズの撃墜機だ——一体化しながら地面ぎりぎりをかすめて旋回し、建物の屋根を越えると海へ向かった。まだ撃ち合いを続けている。
二隻はそのまま猛スピードで飛行し、アトランタワーに近づいた。連射がタワーの下部を襲い、それに続いて巨大な爆弾がメタンズの船から投下された。死をもたらす爆弾がスローモーションのように落ちる様が見える。爆弾はタワーの壁に激突して落下し、地面に届かぬうちに爆発した。

破滅の斜光

破滅が別の次元に移ったとき、二人はフェルティフの自宅の近くにいた。

爆音が、このあたりの……いつもの音にまざっている。周囲の混乱にもかかわらず、耳をつんざくギシギシという響きと、引き伸ばされ、引き裂かれる金属の音がやけに気になった。フェルティフは走りながら振り返った。身が凍り、自分の足につまづいて転倒する。倒れた衝撃はほとんど感じなかった。腕をついて上体を起こすと、ディーラの手を無言で握り、立ち上がった。

「あなたの世界が滅びていく」と彼女は言った。フェルティフはそのときようやく、アトランティスには本当に、未来がないのだと悟った。すべてが消え去る。街にいるアルコン人は、一人たりともこの地獄を生き延びることはできないだろう。

アトランタワーが、切り倒される木のように傾いた。

タワーの地面から三分の一までのあたりに、光線砲の連射が穿った穴が集中している。多くの階層の外壁が大きく口をあけていた。爆発で生じたもうもうたる煙が高みへ昇り、炎の熱があおった突風に切り裂かれていく。幅数メートル以上にわたってタワーの内部が見えていた――床、壁、炎、そして、ほのかに光る、まったく役に立っていない純エネルギー製の防御シールド。

アトランタワーが折れ、さらに傾いて倒壊した。地面に激突して、下敷きになった建物を粉砕し、破壊をまぬがれていた一帯に襲いかかる。外壁が裂け、数メートル大の金属の破片が宙を舞い、周囲の建物を真っ二つにした。大地が揺れる。砂煙と岩石が噴きあがり、大地が口を開いて、街並みをまるごとひとつ呑みこんでいく。

一瞬、時間が止まったように見えた。やがて別の建物が崩れ落ち、街のあちこちで口を開いた大地に呑まれていく。それだけでは足りぬかのように爆弾の雨が降り注ぎ、アルコンの巡洋艦が一隻、瓦礫に墜落した。

猛烈な大波が岸に打ち上げ、建物や船の残骸や、木々や遺体を運び去った。大地の裂け目からも水が噴きあがる。

　フェルティフはその瞬間に、もう逃げられないと悟った。歩いて逃げるのは無理だ。アトランティスが、街全体が、いやまさに大陸そのものが、これ以上の攻撃に耐えられないだろう。フェルティフはディーラをつかんで引き寄せ、かつては自宅だった廃墟へ向かった。

破滅の斜光

　船団のほとんどが宇宙へ飛び立った。編隊を組み、残存するメタンズの船から逃れようとしている。船団のうちあと二隻がアトランティスの離着陸場に残り、避難民を受け入れていた。デマイラ・オン・タノスが《エクテム》の司令室で安堵したそのとき、空間が振動し、探知装置が数多くの新たな敵を感知した。

　メタンズの船がハイパー空間から現れたのだ。新たな艦隊が、一〇〇隻近い宇宙船が。勝機は再び敵の手に移り、今度ばかりは誰が勝つのか、疑いの余地はなかった。アルコン人の負けだ。疲弊し消耗した艦隊に、勝ち目はない。

「司令官オン・タノスより、船団の全司令官へ！」彼女は通信機に叫んだ。「超光速で脱出せよ！　すべての戦艦は民間船の掩護（えんご）に回れ。メタンズとの戦闘に介入してはならん。

私は《エクテム》とともに残り、最後の船を守る」

船団の船はあと二隻……それぞれに少なくとも千人の避難民を受け入れられる巨大宇宙船だ。この二隻には、わずかなりとも時間稼ぎをしてくれる何者かが必要だった。そして、《エクテム》は強力な戦艦なのだ。

「ならぬ！」受信機から声が響いた。「これは命令だ、司令官！」

《トソマ》船内の最高司令官、タルッ・デ・テロマーだ。氷のように冷淡な声だった。

「おまえは船団とともに脱出し、すでに出発した船を守るのだ」

「船団のうち二隻がまだ発進準備中です！　一人たりとも見殺しにはできません！」

「見殺しにするのではない、司令官」今、その声には理解と共感がこもっていた。あまりにもはっきりと表れていたので、デマイラはタルッの痛みまで感じられる気がした。「私がこの手で残った者を守る。できるかぎりな。おまえは私より先にアトランティスを離れろ。さもなくば誰も逃げられんぞ」

「タルッ、私は……」

「発進しろ！　すぐだ！　これは命令だぞ！」

デマイラは一回まばたきするあいだだけ迷ったが、命令を承諾した。彼女自ら《エクテム》を操縦し、船団のコースに向ける。加速を続け、攻撃してきたメタンズの巡洋艦を一隻破壊した。新たに現れた一〇〇隻近い敵船はまだ編隊を組めていない。これが、厚みを増す包囲網を突破する最後のチャンスだった。

《エクテム》はさらに進み、編隊を組んだ船団側面の防御にあたった。《エクテム》がそこについただけで、メタンズの小型船が二隻、方向転換して炎をあげるアトランティスへコースを取った。

デマイラは、タルッが戦艦に下す命令を通信機越しに聞き取っていた。そのあいだにも、《エクテム》は船団とともに、ハイパー空間への移行に必要な速度を目指して加速を続ける。

タルッは、編隊を組んで脱出するよう、残存船のすべてに指示を出していた。タルッだけは後方に残っている。《トソマ》でアトランティスの真上につき、最後の最後まで避難民を守ろうとしていた。

タルッは立派な男だ。

この恐ろしい決戦で、アルコンはもっとも貴重な男を失うのかもしれない。この戦闘はいつまで続くのだろうか。数分？　数時間？　彼女にはわからなかった。

《エクテム》の女性司令官は、さまざまな船がつぎつぎに命令を了承する様を耳にして、興奮の涙を流した。ところが、メタンズの部隊の大半が船団に殺到し、脱出を阻もうとしたそのとき、新たな船が現れ、敵に猛烈な連続砲火を浴びせた。船団の司令官は、戦闘に介入するなというデマイラの命令を確実に守るはずだが。

一隻の船が、タルツ・デ・テロマーの命令に反し、指示には従えぬという態度を明確に表明しながらも、タルツにこの命令無視を許してほしいと懇願していた。デマイラが船団とともにハイパー空間へ移り、いつ死ぬともしれぬ状況からついに脱出する直前に耳にしたのは、命令を無視した司令官の名前だった。クノル・テル・ペルガン。

その男が、搭載艇《トソマII》を指揮していた。

破滅の斜光

猛烈に走っていなければ、クレストたちは倒壊するタワーの先端の下敷きになっていただろう。今、巨大な瓦礫の山が彼らの前にそびえていた。高さ数十メートル、長さはその数倍もあろうか。大地の亀裂から水が噴きだし、湖となっていた。その端がトルケル＝ホンの足を洗っている。

「岸へ、海底ドームへ行くには……あそこを通らなければ」

クイニウ・ソプトールが押し殺した声で言った。彼女の腕は、規模を把握できぬほど巨大な瓦礫の山のほうを指している。あの山を越えるなど不可能だった。彼らを阻んでいるのは、金属や破壊された建物からなる山、そして同じほどの高さにまで地面が隆起した巨大な丘、さらに地面から噴出する大量の水——いや、それだけではない。海からは崩れゆく大地が波とともに押し寄せていた。
　頭上では空が燃えている。エネルギー光線と爆弾が終末を告げる不吉な軌跡を残してい
た。
「我々の負けです」とクレストは言った。仲間を勇気づけられそうな希望のかけらは何ひ
とつ見つからなかった。唯一の慰めになったのは、苦々しいことに、自分の人生を苦痛と
ともに終わらせるのは己の病気ではない、という事実だけであった。
「まだです」と、ある声が応じた。
　クレストは振り向いた。誰かが近づいてくる音は聞こえなかった。だが、声の主はすぐ
にわかった。その姿に言葉を失う。
　これは、リコだ。
「私たちを海底ドームに連れていって！」とソプトールが強く言った。
　アルコン人の外見をしたロボットが、かすかな微笑みを浮かべる。
「ついてきてください！」

クノル・テル・ペルガンは生意気にもタルツの最後の命令に逆らった。とはいえ、老アルコン人には叱責する理由が見あたらなかった——それどころか、あの男の行為に敬意さえ感じていた。そのうえクノルは、命令違反を許してほしいと懇願までしてきたのだ。

「タルツ」とクノルは通信機越しに叫んだ。「これまであなたから学ばせていただいたことのすべてに感謝します。これにて《トソマII》を持ち場に戻します」

タルツは探知ホロに目をやり、メタンズがアトランティスに殺到し、爆撃を強化する様を追った。《トソマ》の艦載砲を命中させ、アトランティスに残る二隻が発進できるよう、わずかばかりの空間を確保する。どれほど多くの避難民が入船を訴えようとも直ちに隔壁を閉じろ、とタルツは指示を飛ばした。今すぐに発進しなければ、脱出は不可能になる。

クノルは大胆に搭載艇を飛ばし、宇宙空港のすぐそばにいたメタンズの船を二隻撃墜した。発進準備完了を告げた船団の二隻のために、貴重な数秒を稼いだのだ。その二隻が浮上し、高度を上げていく。

タルツは安堵の息をついた。二隻の加速フェーズ中、《トソマ》とその搭載艇で、ある程度の掩護はできるだろう。そのあとは……。

タルツの思考が止まる。

《トソマII》が大量の砲火を浴びていた。防御シールドが崩壊する。外被が燃えた。きりもみ状態になり、一気に高度を落とす。地表ぎりぎりをかすめ飛び、すさまじい松明と化しながら、燃える街の上空を疾駆して、墜落した。

〟こんなことになるとは思っていなかったぞ、クノル〟とタルッは考えた。〟一瞬だが、あの三人が口にした、存在するはずのない未来をめぐる愚かしい話を本当に信じてしまった。おまえが生き延びられず、残念だ。結局のところ、天の定めなど存在しないのだ〟

今、《トソマ》は集中砲火を浴びていた。それでもタルッは発進する二隻の船を最後の最後まで守ろうとした――たとえそれが無意味な行為であったとしても。だが、あの二隻が超光速飛行に移るまで長くはかからないはずだ。《トソマ》が墜ちれば、あの民間船は簡単にメタンズの餌食になる。

タルッはポジトロニクスに船の操縦を任せた。目的は明確だった――敵の砲火をこちらに引きつけ、できるだけ多くの敵を片づける。そのような飛行なら、ポジトロニクスの自動操縦モードでもじゅうぶんにこなせる。

タルッは目を閉じ、退避命令を出した。

「《トソマ》は墜ちる。乗組員は全員、戦闘スーツを着用のうえ船外に出ろ。生き延びて、この惑星で身を潜められる場所を探すのだ」

彼自身は動かなかった。逃げても意味はない。老いぼれは船とともに滅びる。それが運命だ。

何者かが彼をつかんだ。司令室のクノルのポストを引き継いだ女性将校だ。

「司令官！」

「私にかまうな！」

「一緒にいらしてください！　生き延びるには、退避するしかないのです！」

〝どいつもこいつも、気に入らぬといっては私の命令を無視するわけか？〟

だが死を目前にすれば、軍事指揮権など何の意味もなくなるのだろう。

「私にかまうな！」タルッは繰り返した。

だが女性将校は手を放さず、御託を並べると、この言葉で締めくくった。

「それでは、船もろとも一緒に死にましょう」

この言葉はタルッの胸に突き刺さった。

「おまえは《トソマ》を離れろ！　すぐだ！」

「あなたを置いては行けません、司令官。あなたは私の命を救ってくださいました。何度も。私はあなたのそばに残ります」

そう言って彼女は手を差しだした。

タルッは罵声を発し、彼女とともに走りだした。

二人が乗組員の最後尾として船外に出たとき、《トソマ》は大破して海に墜落した。巨艦が海に沈み、その衝撃で地獄絵図のような波が再び瓦礫の原を襲った。数時間前には、超テクノロジー化された活気ある街が存在していた場所だ。今やあそこでは誰一人、何ひとつ生きていない。爆弾が次々に落ち、大陸全体が崩れ、さかまくしぶきを上げながら沈んでいく。

タルツは、ほかの乗組員と同じく戦闘スーツに身を包み、激戦のなかでおもちゃのボールのように流されていた――乗組員のほとんどはすでに命を落としている。メタンズのエネルギー光線で蒸気と化したのだ。敵は見つけた者すべてを整然と消滅させていた。

〝ご存じですか、永遠の命の世界への道を？〟

いや、もう少しいい道を知っているのかもしれぬ。死こそが真の不死ではないのか。戦争もなく、痛みもなく、苦しみもない。

奇妙な平穏に包まれた。死が、昔からよく知る人生の道連れが、ついに迎えにくる。

タルツは目を閉じた。別の、よりよい場所にいる自分の姿を思い描いた。

そして、待った。

フェルティフは、ディーラを連れて自宅の地下を通り抜けていた——自家用単座グライダーを収容できるだけの広さしかない、小さな格納庫に向かって。破壊の騒音はぼんやりと響く程度だが、ここがいつまでも安全という保証はない。

「これは、ごく小さな空飛ぶ船で」コックピットを覆う透明パネルを開けながらフェルティフは説明した。「本来なら私が一人で乗るものだ。だが、二人で乗っても大丈夫だろう」

「私はこの世界から出ていかない」とディーラは言った。「大きな船でも、あなたのこの小さな船でも」

フェルティフは、滅亡が幕を開けて以来はじめて笑った。

「このグライダーで出ていくことはできないさ。だがアトランティスの外には行ける。森を越えて、海を越えて、いちばん近い陸地まで」

「それなら、この船は私たちの命を救ってくれるの？」

フェルティフはうなずいた。

「そのとおりだ。目的地で、どこかはるか遠い場所で降りて、グライダーをここに送り返す。ここで破壊されるだろう。私は、おまえとの新たな人生に何も持っていかない。ここを思い出させるものは、何ひとつ」

フェルティフはパイロット席に乗りこむと、備品を放りだし、ディーラが自分の横に座れるよう場所をあけた。

そしてグライダーのパネルを閉める。

「森の上を飛んでいこう。できるだけ低く。もし……運がよければ、敵には見つからない。だが見つかれば、死ぬことになる」

ディーラが彼の手を取った。

「用意はいいか？」とフェルティフが尋ねる。

「あなたができているのなら」

用意はできていた。これほど覚悟が決まっているのは、生まれてはじめてだった。

驚いたことに、格納庫の天井はまだ通信で開けることができた。フェルティフはグライダーを始動させた。自ら操縦して機体を浮上させる。

外に出るやいなや、目の前にすさまじい炎の壁が現れた。森の端が燃えている。何かがグライダーのなかまで聞こえるほどの悲鳴をあげた。爆弾が猛スピードで落下し、フェルティフの家を木っ端みじんにした。グライダーのスピードを上げて炎に突っこむと、にわかにGがかかって座席に押しつけられ、ディーラが痛みにうめく。加速圧吸収装置が調整するなか、炎の壁を通り抜けた。後方で吹き荒れる地獄などまるで知らぬかのような、真っ青な空が目に入る。

あれを見るには、振り返るだけでいい。

だが、振り返らなかった。

アトランティスの執政官としての古い人生は、終わったのだ。

「振り返るな」と、フェルティフ・デ・ケムロルは言った。

破滅の斜光

死の暗黒の代わりに現れた、まばゆい光と爆発の轟音が、彼を人生に、今ここに引き戻した。

タルツ・デ・テロマーは、身を守るすべを持たぬ自分の部下が敵の手で蒸気と化される様を、これ以上見ずに済むよう、平穏と安息だけを求めていた。だが今、自分の目が信じられなかった。

メタンズの船が消えていく。次々に爆発する。十数隻の球型船が敵に襲いかかり、砲撃を浴びせて破壊していた。

戦闘スーツのなかで生き延びたアルコン人を牽引光線が捉え、戦艦に収容した。タルツ自身も。背後で隔壁が閉まる前に、メタンズが動揺し、突然現れたアルコンの戦艦に整然と対処できずにいる様を、何千もの経験を積んだ軍人の目で見て取った。

「我々は数のうえでは劣勢です」まさに期待していた声が聞こえた。デマイラ・オン・タノスがエアロックのなかに立っている。肩の傷から血を流していた。「我々は小規模な戦闘をすべく戻りました」と彼女は言った。「私は指揮権を譲り、医療ロボットの処置を受けざるをえませんでした。最後の命令はすでに下しております。撤退せよと。民間船は安全な場所で待機中です――近くの太陽の、探知の盾のなかで。生存者全員の収容が終わりしだい、メタンズが状況の変化に対応してくる前に脱出します。アトランティスはどうすることもできません。あの街にいて生き延びられた者はいないでしょう」

「おまえはこのようなことをしてはならなかった」タルツが押し殺した声で言った。「おまえは戻ってきてはならなかったのだ！」

「命令違反なら、すでに一度やっております」とデマイラは言った。「そしてついさっき、その行為をほめてくださったばかりではありませんか、タルツ・デ・テロマー」

リコは、曲がりくねった狭い道や地下の通路を迷うことなく進んだ……破壊の迷宮を抜け、彼らの目的地まで。ロボットは混乱のなかでも、すんなりと方角を判断できるようだった。

そして彼らは今、海底ドームにいた。現実とは思えぬ静寂のなかに。空気はきれいで澄んでいる。

「ここだけが、消滅しない場所なのです」とクレストが言った。「我々は安全ですよ」

「でも、いつまでもここにいて、何もせずに待っているわけにはいかないでしょう」とタチアナ・ミハロヴナが応じた。

転送機が彼らの前にそびえていた。外見上は、どうということのないテクノロジーの産物のように見える。だが恐ろしいまでに魅惑的な装置だ。クレストたちはこれを通り抜けて彷徨の旅を始めた。まさにこの場所から、だが想像もつかぬほどはるかな未来で。アトランティスは滅亡し、すぐそばで大陸全体が沈んだ――この海底の飛び地は、すべてを越えて存在しつづけるのだろう。

「転送機をお通りください！」とリコが言った。ロボットの外見は完璧で、怪我をしたことも破壊されたこともないかのようだ。リコはスイッチを入れ、異質なテクノロジーを起動した。「私はここに残ります」

「一緒に来ないのですか？」とトルケル＝ホンが尋ねた。

ロボットは転送機を指した。

「別の使命がここで私を待っています。ただ、ひとつだけお願いがあります。クイニウを守ってやってください！」

クレストは転送機に近づいた。

「これを通ったとして、この装置は我々をどこへ連れていくのでしょうか？」

「あなたの憧れの地へ」とリコは言った。

この謎めいた返答について考えこんでいるあいだに、別のことがクレストの頭に浮かんだ。

「リコ、最後にもうひとつ答えてほしいのですが」

「お尋ねください！」

「私がいた時代には、あなたは金星にいました。そしてトーラとともに地球へ来て、破壊され、自己修復をした。その後クイニウ・ソプトールとともに、まさにこの転送機を通り――この時代にやってきた……そして今、あなた自身の言葉によれば、ここに残りたいという。つまり、あなたは同じ時間をもう一度生きることになる。出入口のない完璧なループになりますよ。あなたと同じ型のロボットは何体も存在するのですか？　あなたのようにリコという名前がついたロボットは、ひとつだけではないのですか？」

　人工的でありながら、ひどく生き生きとした顔がクレストに向けられた。

「何の話をされているのか、わかりません。私は未来のことを知っているはずなのですか？」

「しかしあなたは……」

「そのことについて議論をしている時間はありません。もう一度言いますよ。あなたの憧れの地が待っています。転送機をお通りください！」

　そして、彼らは通った。

荒涼として虚しく

後 史

彼は首の細い鎖に触れた。指がその先へ行くことを拒んでいるような気がする。

夢だろうか？

ここ数日の出来事は、夢にすぎなかったのか？

胸に温かさが広がった。衣服を貫き、皮膚の奥深くに入ってくる。やがて全身にしみわたっていった。

親指の爪のすぐ横の、小さな傷に目をやった。どうということのない傷だ。何も感じず、気づきもしないような。こんなふうに……治っていくのでなければ。そっと傷に触れた。小さな切り傷。一滴の血も出ないほどの浅い傷が、閉じていく。

彼はゆっくりと手を上げて、親指を目のすぐ前に、ぎりぎりではっきりと見えるところに掲げた。これまでよりも目の近くへやっても、明瞭に見えるようになってはいないだろうか？

　傷の縁が閉じ、皮膚の細胞が増殖する様が見えた。

　夢だ。

　最初から、こんなことが現実のはずはないと確信していた。だがそのいっぽうで、彼の思考はあまりにも明瞭で――これまでにないほど明瞭なのだ――眠ることができずにいた。ここ数日のことは細部にいたるまで覚えている。あまりにも詳細に、あまりにも色彩豊かに。まだにおいさえかげるほどだ。そのにおいは、彼の衣服に、長い白銀の髪に残っていた。

　そして、首の鎖にぶらさがっている卵形の装置に触れた。

　ふと指先に温かさを覚え、自分自身の鼓動を感じた。この物体は鼓動を介して作用するようだ。これは技術以上だ。技術をはるかに超えている。

　これが彼に不死を与える、そう約束された。

　アトランは、再びわきあがったイメージと混乱した感情を無理やり追い払った。今ここに、《トソマIX》の司令室に戻ってくる。彼は、アルコンを別として、宇宙のどこよりも故郷のように感じている星系に入ったところだった。ラルサフIII、アトランティス、我が植民地。

　探知映像がホログラムに映しだされた瞬間、彼は身動きひとつできずに画面を凝視した。

永遠に近いほどの長いあいだ、まばたきひとつできなくなったかのようだった。その光景は網膜に焼きつけられた。アトランティスのすべてが焼失したに違いない。

再び首の鎖に触れた。

〝不死だと？　私が？　なぜだ？〟

何が自分を待ち受けているのか、おぼろげながらアトランには予感があった。だがそれでこのショックがどうなるものでもない。

〝これは夢ではない。何ひとつ。そしてこれが、戦争の代償なのだ〟

彼は、《トソマⅨ》を惑星の周回軌道に入れた。罪の意識に絞め殺されそうだった。ここにいるべきだったのか？　絶対にアトランティスを離れてはならなかったのだろうか。

海は穏やかにうねっていた。木片や、浮遊するほかの……物体がときおり水面に現れる。あれが何なのか、知りたくもなかった。だが、探知装置が容赦なく忘却の淵から細部を呼び覚まし、船の残骸なのか遺体なのか、暴きだした。

アトランの指が機械的に操縦用ホロの入力フィールドに触れた。メタンズの餌食になった大陸から取り残された、小さな島のひとつに《トソマⅨ》が着陸する。その島は爆発で吹き飛ばされた土の塊のように、広い海に浮かんでいた。

アトランティスを離れたとき、アトランは己が義務を放りだした。自分の価値観に反していたとはいえ。そして、この植民地とは比べものにならぬほど価値があるものを手に入れたのだ。だが、この理路整然とした、非人間的な理屈に胸が張り裂けそうになっていた。アルコン大帝国全体に比べれば、アトランティスとその住民などにどれほどの重みがあるというのだ？　メタンズに対する勝利のほうが、どれほど重要だろうか？

アトランがアトランティスを留守にしたのは、ほんの数日のことだった。そして今、不死を与えてくれる装置を身につけているだけでなく、大帝国がメタンズの優位に立てるであろう武器の設計図も携えていた。このいわゆるコンヴァーター砲の設計図は、暗号化のうえ、最高司令部へ送信した。第一リレーステーションが受信を通知してきている。

彼は《トソマIX》の全システムをオフにした。周囲が暗くなる。ひとつだけ残った非常灯が道を照らす。司令室を離れ、さらに進み、通路の壁に反響する自分の足音に耳をすました。彼のほかに、船内には誰もいない。

〝幽霊船だ。過去の亡霊と同じように、海へ沈んだ大陸の上を漂っている〟

アトランは船底のエアロックを通って搭載艇の外に出た。外部隔壁が閉じるカチリという音を聞き、小さな島の岸に向かうと、地面に座って待った。

だが、彼を奇妙な旅に送りだした者は、現れなかった。

彼は海を凝視していた。耳をすました。波の音から過去の出来事を聞き取ることができるかのように。植民地の破滅を、彼にゆだねられていたすべてのアルコン人の死を、ともに体験できるかのように。彼らの痛みを感じたかった。彼らが自分を責めることができるように、消え去った命を感じ取りたかった。

彼は、波のあいだから現れる潜水艦を待っていた。だが来ない。その代わりに、いつしか、別の誰かが砂浜をよろめき歩き、近づいてきていた。アトランは飛びあがり、ちぎれた制服を体に垂らしたアルコン人のほうへ走った。顔は火傷し、髪は焼け焦げ、左手は血で固まっている。

二人が互いのもとに行きつく前に、その男はくずおれ、身動きひとつせずに横たわった。アトランはそばに行って身を屈め、安堵した。男にはまだ息があり、意識を失っただけだ。この顔には見覚えがある。クノル・テル・ペルガン！　何があったのだろうか。

「そちらは私にお任せください、殿下」

突然後ろから声がした。急いで振り返ると、先ほどから待っていた者の姿が目に入った。自らのことは何ひとつ明かさず、アトランを送りだした者だ。待っていた潜水艦が岸辺にある。

「おまえは何者だ？」とアトランは尋ねた。「おまえはアルコン人ではないな！」

「はい」

「おまえは何だ？」

「あなたの従者です。リコと申します。どうぞこちらへ、アトラン・ダ・ゴノツァル殿下」

その者は、意識のないクノルをそっと抱きあげると、潜水艦へ向かった。

「さあどうぞ、アトラン殿下！　あなたの任務の準備は、すべて整っております」

「待ち受けていたのは、永遠の無力感だけだった」

フランツ・カフカ

一九一四年三月一五日の日記より

〈ローダンNEO〉第3シーズン刊行リスト

第17巻『テラニア執政官』*Der Administrator*　フランク・ボルシュ／柴田さとみ訳
第18巻『ヴェガ暗黒時代』*Der erste Thort*　ミシェル・シュテルン／長谷川圭訳
第19巻『トルト戴冠』*Unter zwei Monden*　マーク・A・ヘーレン／鵜田良江訳
第20巻『水の惑星レヤン』*Die schwimmende Stadt*　ヘルマン・リッター／安原実津訳
第21巻『ワールドスプリッター』*Der Weltenspalter*　アレクサンダー・フイスケス／長谷川圭訳
第22巻『時間の貯水槽』*Zisternen der Zeit*　ヴィム・ファンデマーン／柴田さとみ訳
第23巻『アトランティス滅亡』*Zuflucht Atlantis*　クリスチャン・モンティロン／鵜田良江訳　※本書
第24巻『永遠の世界』*Welt der Ewigkeit*　フランク・ボルシュ／鵜田良江訳（二〇二〇年二月刊行予定）

〈ローダンNEO〉公式ホームページ
https://perry-rhodan.net/produkte/neo

翻訳協力／品川　亮

訳者略歴　1970年生，九州大学大学院農学研究科修士課程修了　ドイツ語翻訳者　訳書『スターリンの息子』エスターダール，『テレポーター』ルーカス，『フェロル攻防戦』ターナー，『タイタンの秘密』ペルプリース，『トルト戴冠』ヘーレン（以上早川書房刊）他多数

HM=Hayakawa Mystery
SF=Science Fiction
JA=Japanese Author
NV=Novel
NF=Nonfiction
FT=Fantasy

ローダンNEO ㉓

アトランティス滅亡（めつぼう）

〈SF2267〉

二〇二〇年一月二十日　印刷
二〇二〇年一月二十五日　発行
（定価はカバーに表示してあります）

著者　クリスチャン・モンティロン
訳者　鵜田良江（うだよしえ）
発行者　早川浩
発行所　株式会社　早川書房
郵便番号　一〇一 - 〇〇四六
東京都千代田区神田多町二ノ二
電話　〇三 - 三二五二 - 三一一一
振替　〇〇一六〇 - 三 - 四七七九九
https://www.hayakawa-online.co.jp

乱丁・落丁本は小社制作部宛お送り下さい。
送料小社負担にてお取りかえいたします。

印刷・信毎書籍印刷株式会社　製本・株式会社明光社
Printed and bound in Japan
ISBN978-4-15-012267-6 C0197

本書は活字が大きく読みやすい〈トールサイズ〉です。